Maurizio de Giovanni

L'equazione del cuore

ROMANZO

MONDADORI

A mondadori.it

L'equazione del cuore
di Maurizio de Giovanni
Collezione Scrittori italiani e stranieri

ISBN 978-88-04-73731-5

© 2022 Mondadori Libri S.p.A., Milano
Published by arrangement with The Italian Literary Agency
I edizione febbraio 2022

L'equazione del cuore

A mia madre.
$$(\delta+m)\psi = 0$$

I

Petrini Francesco, detto Checco, guarda il pescatore. Sta seduto a cinque metri di distanza, sull'ultimo pezzo della piattaforma di cemento. Sente i sassolini attraverso il sottile tessuto dei pantaloni, e uno gli fa male perché è appuntito: ma sa che non deve muoversi, a stento può respirare. I pesci sentono tutto, anche se non hanno le orecchie. Su questo il pescatore è stato molto chiaro. Gli occhi di Petrini Francesco, detto Checco, non si spostano da quella schiena dritta, da quella nuca bianca. I colori ormai si vedono da quasi un'ora, sempre più nitidi, e lui non sa capire se dipende dal fatto che si è abituato alla penombra o semplicemente c'è più luce. Gli dispiace, perché la notte è più fresca ed è molto più affascinante. La notte appartiene al pescatore e a lui, nessuno gliela può togliere.

Il momento che piace di più a Petrini Francesco, detto Checco, è quando il pescatore usa la fionda per lanciare l'esca. Costruisce delle palline compatte, preparate la sera prima sul tavolo della cucina col pane bagnato e un po' di formaggio. Poi, alla luce della torcia elettrica, aggiunge qualche vermetto e prende la fionda.

Il pescatore gli ha spiegato, quando per la prima volta gli ha permesso di andare con lui, che è fondamentale che le palline arrivino nello stesso punto in cui arriverà l'amo: altrimenti i pesci le mangeranno e non si avvicineranno al minuscolo uncino con l'altro vermetto. Il lancio quindi dev'essere perfetto, uguale al tiro. La stessa forza, la stessa direzione.

Petrini Francesco, detto Checco, sente nel cuore molti sentimenti, ma non saprebbe distinguerli l'uno dall'altro. Il pescatore è tutto quello che lui vorrebbe essere. È alto, forte, sicuro. Parla poco, anzi pochissimo: ma quando parla, con quella voce bassa e profonda che gli ricorda il mare davanti agli scogli, tutti lo ascoltano. Non si arrabbia, non si commuove, non cerca di convincere nessuno: ma tutto quello che dice diventa vero, come per magia. Qualche volta gli sorride, il pescatore: mai un bacio o una carezza. Ma quel sorriso, quel sorriso entra sotto la pelle di Petrini Francesco detto Checco, e va diritto in un punto strano sopra lo stomaco e lo fa tremare di gioia e di orgoglio e di tenerezza, anche se Petrini Francesco, detto Checco, non saprebbe dare dei nomi a sensazioni come quelle.

La schiena ebbe un impercettibile movimento, che nell'incerta luce del primo mattino sarebbe sfuggito a chiunque, ma non a chi aspettava con spasmodica attenzione proprio quell'irrigidimento. Petrini Francesco mise le mani a terra, per potersi sollevare velocemente, come un centometrista alle Olimpiadi. Il brecciolino del cemento premette sulla pelle, ma lui non se ne accorse.

La canna vibrò e il filo si tese. Prima ancora che la parte

terminale uscisse dall'acqua col suo carico, Petrini Francesco detto Checco era in piedi, fremente, alle spalle del pescatore, pronto ad assolvere il compito che si era guadagnato proprio quell'estate, dopo due anni di silenzioso e costante apprendistato.

Qualcosa di argenteo, luccicante nella prima luce del giorno, si agitò scomposto a mezz'aria. Il pescatore si alzò, in sicuro equilibrio sugli scogli, e diede uno scatto secco con le braccia. All'altro capo del filo, come obbedendo a un richiamo silente, il pesce fece un movimento preciso verso la terraferma.

Petrini Francesco aveva la mente sdoppiata. Da un lato registrava ogni singolo movimento del pescatore, la perizia delle sue mani, una ferma sul manico della canna e l'altra ad azionare veloce il mulinello senza variare l'angolazione dello strumento né quella della schiena; dall'altro era concentrato sul pesce che, di lì a qualche secondo, sarebbe arrivato, per essere pronto ad assolvere il compito che gli era stato assegnato.

Ricordava tutto nitidamente e sapeva che il suo intervento era tutt'altro che secondario. Il pescatore glielo aveva spiegato: il pesce lottava per la vita; e l'istinto lo avrebbe guidato di nuovo al mare con un solo balzo, era successo mille volte. Era quello, aveva detto il pescatore a Petrini Francesco, che distingueva un dilettante da un professionista: la cura dei dettagli. La conoscenza dell'avversario, la capacità di prevenirne le mosse.

La lenza col suo carico completò l'arco e arrivò a terra, proprio sullo scoglio sul quale stava a gambe larghe il pescatore, e percorse poi l'altro mezzo metro che l'avvicinò a Petrini Francesco, detto Checco, il quale, rispettando l'ordine di non mettere un solo centimetro di piede sulla viscida e scivolosa superficie di quelle rocce e di restare sulla piattaforma in cemento, attendeva nella stessa posizione, copia in miniatura del pescatore.

La punta della lingua tra le labbra, gli occhi neri fermi sull'obiettivo, il cuore in tumulto ma le mani salde, Petrini Francesco afferrò il pesce, una spigola di medie dimensioni. La presa era forte e, per essere più sicuro, lo pigiò contro il cemento con entrambe le mani. L'animale non si rassegnava, si scuoteva e guadagnava spazio sotto i palmi aperti. Per un attimo temette di perderlo, ma non lo perdette. Con una mano e con un gesto secco, deciso, sfilò l'amo e, a quel punto, premette con più decisione, perché era allora che, se gli fosse sfuggito, sarebbe tornato in mare con un balzo e la colpa sarebbe stata sua, tutta sua, e sarebbe irrimediabilmente arretrato nella considerazione del pescatore, rinviando a chissà quando il momento in cui sarebbe stato lui a tenere la canna e a girare il mulinello.

Non perse la presa: gli occhi del pescatore si limitarono a fissarlo attenti, senza che l'uomo accennasse a un solo movimento per andare in aiuto del bambino. A ognuno il suo compito, aveva detto all'inizio dell'estate.

Petrini Francesco mise il pesce nel paniere e ne richiuse il coperchio. Il pesce si dimenò alla ricerca di un'uscita, ma l'uscita non c'era.

Il pescatore ritrasse la lenza, depose la canna e si avvicinò.

Disse:

«Ben fatto, signore. Mi ricordi, lei chi è?»

Il bambino si raddrizzò nelle spalle, il torace ancora fremente di sforzo, soggezione e orgoglio.

«Io sono Petrini Francesco di anni nove, signor pescatore. Detto Checco.»

L'incidente è strano
ci è andata à sua volontà (in
faccio a quel TIR -comion)

Il pescatore annuì, serio, senza l'ombra di un sorriso.
«Bene, signore. Ma mi dica, dove l'ho già vista? Perché
il suo viso non mi è nuovo.»
Il bambino spostò il ciuffo nero dagli occhi e disse piano:
«Mi conosce, signore, perché sono suo nipote. Lei, insomma, è mio nonno.»
Il pescatore si grattò la barba bianca:
«Nonno, dice? Sono così vecchio, allora? Ma se lo dice
lei, Petrini Francesco detto Checco, allora dev'essere vero.
E dovremmo tornarcene a casa, perché la sua mamma a
quest'ora dovrebbe già averle preparato la colazione. Vogliamo andare?»
Il bambino prese il paniere. A ognuno il suo compito.
Il sole ormai era sorto, e l'estate stava finendo.

II

Massimo De Gaudio preferiva l'inverno.

Non ci sarebbe stato niente di strano, ma il professore, come gli abitanti di Solchiaro lo chiamavano quando, abbassando la voce, parlavano di lui, aveva scelto di vivere in un'isola e in quell'isola ci stava di gran lunga meglio nei mesi freddi, quando la tramontana teneva lontano i chiassosi bagnanti, quando i rifiuti non traboccavano dai cassonetti, quando il greve profumo di pesce a buon mercato cotto all'aperto non appestava l'aria e quando il sonno non era compromesso da un'incomprensibile musica sparata ad altissimo volume.

Solchiaro stessa, d'altronde, era un'isola nell'isola; e di per sé forniva una precisa indicazione sullo spirito e sull'atteggiamento di chi sceglieva di viverci, non essendoci nato e nemmeno facendo parte di una generazione successiva a qualche ottocentesca migrazione. Un luogo appartato, una lingua di terra che si addentrava nell'acqua grigia. Niente eventi, niente attrazioni, niente di niente. Poche case, un emporio e una cappella chiusa, dedicata alla Madonna degli Agonizzanti ma per scaramanzia detta semplicemente 'A Marunnella. Essere forestiero, in un posto così, equivaleva a provenire da un altro pianeta.

Massimo abitava in una casa bassa, a un solo piano, con un cancelletto di ferro e un piccolo giardino con qualche albero da frutto. Giardino e alberi giravano attorno alla costruzione, isolandola ulteriormente. Non che ce ne fosse particolare bisogno: c'erano altre abitazioni ma molto distanti, come a sottolineare la disposizione all'isolamento di chi sceglieva di vivere lì.

Raramente si recava nella parte più abitata dell'isola, anche quando, come in quel piovoso novembre, restavano i pochi che non prendevano il traghetto per andare a lavorare in terraferma. Gli bastava l'emporio, non aveva grandi esigenze. Un paio di volte l'anno andava in libreria e faceva un po' di provvista, il resto del tempo ascoltava musica alla radio. Al vecchio televisore del salotto lasciava il compito di trasmettere il telegiornale della sera.

Anche d'estate cercava di mantenere una vita estremamente abitudinaria, pure nei giorni a cavallo di Ferragosto in cui la figlia andava a fargli visita con il nipotino. D'altra parte Cristina approfittava di quel tempo lontana dalla sua vita al Nord e dal marito, che si limitava ad accompagnarla e tornare a riprenderla, per rivedere vecchie amicizie e per riposarsi al sole, e Checco se ne stava tranquillo a osservare quello che faceva il nonno senza disturbare mai. Per Massimo, tutto sommato, quel dazio ai legami di sangue era un pagamento accettabile. Sempre se non si eccedevano i dieci giorni.

Adesso però dell'estate non c'era più nemmeno l'ombra. Il vento soffiava incessante spogliando alberi e portando in giro malinconici fogli di vecchi giornali. I gabbiani si spostavano inquieti, lanciando grida che a volte sembravano umane. Il mare, a distanza, continuava a infrangersi rumorosamente contro le rocce.

Massimo stava accovacciato nei pressi della porta, per impilare dei vasi di cotto, e non si accorse del giovane al cancello, che, per farsi notare, si esibì in alcuni educati colpi di tosse. Niente da fare: il rumore della gentilezza se lo portava via il vento. Si risolse perciò a chiamare: «Professore? Professore? Qui, al cancello. Buongiorno.» L'uomo alzò la testa, come se avesse difficoltà a uscire dai propri pensieri. Sempre accovacciato e con le mani attorno a un vaso provò a mettere a fuoco la figura del giovane. Non lo riconobbe.

«Sì? Che vuole? Non ho bisogno di niente.»

L'altro batté i piedi per il freddo, la testa incassata nel bavero del cappotto che gli sventolava sulle cosce. I capelli biondi e sottili si muovevano come dotati di vita propria.

«Lo so, lo so, professore. Non sono qui per venderle niente, sono venuto a trovarla. Lombardi, quinta B, ricorda? Maturità del duemilasei. Lombardi. Mi chiamavano Ciccio.»

Lentamente, Massimo si alzò in piedi restando a fissare il giovane da dove si trovava. Non sembrava aver intenzione di muoversi verso il cancello.

«Duemilasei, dici. Otto anni fa, quindi.»

Il giovane confermò, lanciando un'occhiata fugace attorno. Sembrava sempre più a disagio.

«Sì, esattamente, professore. Otto e qualche mese. Sono venuto a farle visita, sempre se non è di troppo disturbo. Se ha da fare, la saluto da qui.»

Il professore parve finalmente prendere una decisione e si avviò a passo lento in direzione del cancello. Lo aprì e si voltò verso la porta di casa, lasciando la mano di Lombardi a mezz'aria in attesa di una stretta che non sarebbe arrivata.

All'interno c'era appena un po' meno freddo che all'esterno, ma almeno non c'era vento. Il giovane aveva seguito il professore senza preoccuparsi di quello che l'altro avrebbe fatto. Da parte sua Lombardi ex Ciccio, maturità duemilasei, ritenne di tenersi il cappotto addosso per evitare il congelamento e restò all'ingresso in attesa di disposizioni.

Dopo un minuto Massimo si affacciò alla porta della cucina:

«Se vuoi il caffè te lo devi venire a prendere, guaglio'. Io fino a là non te lo porto.»

Il volto di Lombardi fu attraversato da un mezzo sorriso, quello che in genere accompagna la riflessione sulle cose che non cambiano mai.

In cucina il professore restò girato di spalle, in attesa che la macchinetta del caffè cominciasse a borbottare. La schiena disse:

«E fammi capire, Lombardi maturità duemilasei, perché dovrei ricordarmi di te?»

Il giovane tossicchiò di nuovo:

«Ero al terzo banco, professore, la fila verso la finestra, non quella della porta.»

La schiena replicò:

«Ogni classe ha un terzo banco, Lombardi. Perché mi dovrei ricordare di te?»

L'altro si passò una mano nei capelli, e si chiese perché gli fosse sembrata una buona idea andare a salutare il professore.

«Be', ero abbastanza bravo in matematica, professore.

15

La seguivo molto. Ebbi perfino un sette, nel secondo quadrimestre, e lei, come dire...»

«Ero abbastanza stretto coi voti, certo. Ma i sette non erano poi così rari. Perché mi dovrei ricordare di te?» Prese la macchinetta e versò il caffè in due tazzine che appartenevano a servizi diversi.

Lombardi sospirò, sconfitto:

«Ha ragione, professore. Lasci stare. L'importante è che mi ricordi io di lei, è stato un piacere rivederla...»

Massimo dispose le due tazzine diverse su due piattini egualmente diversi e si sedette, invitando il giovane ex allievo a fare altrettanto:

«La risposta giusta, Lombardi, è: professore, dovrebbe ricordarsi di me perché una volta, nonostante fosse finito il tempo per la consegna, sono rimasto seduto a sbattere la testa su un problema che non ero riuscito a risolvere, per l'esattezza la determinazione di un'equazione di una parabola della quale, rispetto a una lunghezza data...»

Gli occhi sgranati e le guance arrossate, il giovane mormorò:

«Un mezzo. La distanza tra il vertice e il fuoco della parabola doveva essere un mezzo. Ma allora...»

L'uomo non gli accordò il sollievo di un sorriso:

«Ti chiamavano Ciccio perché eri grassottello, sei dimagrito parecchio. Avevi qualcosa che gli altri non avevano, tu, Lombardi: eri testardo. Una cosa che ho sempre apprezzato, per questo ti diedi quel sette.»

Il giovane si guardò attorno, la tazza chiusa tra le mani per prenderne il calore:

«La casa del professore. Pensavamo che non esistesse, che abitasse in qualche caverna dove divorava studenti.

Quante volte l'abbiamo immaginata. Ho dovuto chiedere l'indirizzo in segreteria, al liceo.»

Massimo scosse lievemente la testa:

«Che non dovrebbe dare certe informazioni... Allora, Lombardi? Perché sei qui?»

Il giovane appoggiò la tazzina vuota sul piattino, con delicatezza.

«Perché lei, professore, con quel sette mi ha cambiato la vita. E ora, che sto per partire definitivamente, mi sembrava giusto venire a salutarla. Non volevo disturbare, ma per me era importante. È quasi ora di pranzo.»

Il professore l'interruppe:

«Tranquillo, sono solo. Qui non c'è nessuno, sono vedovo da dodici anni e mia figlia vive al Nord. Tra i vantaggi della solitudine c'è anche quello di mangiare soltanto quando si ha fame.»

Lombardi si sentì leggermente rincuorato.

«Ero grasso, ricorda bene. E questo mi escludeva un po' da tutto, lo sa che se non fai sport le amicizie si riducono, le ragazze figuriamoci. Non ho grandi talenti, ma ricorda bene anche questo, professore: io sono testardo. E a quel sette, che per inciso fu l'unico che lei diede in tre anni di liceo, mi sono aggrappato.»

Massimo aggrottò la fronte:

«Aggrappato?»

«Sì, proprio così: aggrappato. Era l'unica eccellenza, l'unico vanto. Mi sono applicato, sono entrato a ingegneria. Mi sono laureato bene, e adesso sono stato assunto a Torino, costruiscono treni ad alta velocità. Sono venuto a salutare i miei, stanno a Marina Grande. E ho pensato a quel sette, e la volevo ringraziare. Tutto qui.»

Massimo lo fissava, senza alcuna espressione.

«Una camminata inutile, guaglio'. Io quel sette non te lo avrei messo mai, se non fosse stato esattamente il voto che ti meritavi. Come i tre e i due a quelle capre dei compagni tuoi, del resto. Quindi, non mi devi ringraziare.»

Il giovane sorrise:

«Esattamente quello che ero sicuro che mi avrebbe detto, professo'. Proprio con le stesse parole. E senza sorrisi, naturalmente. Ma se la ricorda, lei, l'ultima volta che ha sorriso?»

L'insegnante, o quello che era rimasto di lui come insegnante, si strinse nelle spalle:

«In questi anni di pensione ho capito che il sorriso è uno sforzo inutile, guaglio'. Basta il pensiero.»

Lombardi si alzò, approvando come se gli fosse stato impartito un insegnamento:

«A scuola ridevamo del suo nome: Massimo De Gaudio. Per uno che è il ritratto della tristezza, ci sembrava uno scherzo del destino.»

Massimo si alzò a sua volta, sovrastando l'ex studente di almeno quindici centimetri:

«E pure la tristezza è uno sforzo inutile. Come il vostro tentativo di pensare. Fai cose buone, guaglio'. E resta testardo, perché è l'unica cosa buona che tieni. Già tanto, tutto sommato.»

III

Quando lo squillo del telefono squarciò l'alba, Massimo stava sognando.

In realtà sognava ogni notte, come tutti; ma era tra i fortunati che non ricordavano, che la mattina cancellavano integralmente le immagini e le sensazioni, e quindi anche i fantasmi. Questa volta il risveglio così improvviso, e soprattutto quello che fece seguito al violento ritorno dentro la scena della sua quotidianità, fissarono il contenuto del contesto irrazionale – un teatro dell'assurdo lontanissimo dalle sequenze logiche che la sua mente era abituata a costruire – come qualcosa di reale che aveva tutta l'intenzione di prendere posto fra gli eventi reali. Come fosse vero.

Si trovava in una specie di piazzola naturale dalla quale si vedeva un selvaggio panorama di mare e scogli e vento e gabbiani, più o meno uguale a un segmento della strada che faceva per andare a pescare. Ma c'era una strana luce intermittente, perché le nuvole correvano in cielo nere e pesanti e accendevano e spegnevano il sole. Tuttavia era certo di trovarsi sul balcone della vecchia casa, quando viveva in città, perché non era solo. Con lui c'era Maddalena, ma era morta, e che fosse morta – e che lo fosse da molti anni – era un dato incontrovertibile, e tuttavia parlavano tranquillamente come quando era viva; il pensiero che si trovasse nella casa di città e non sull'isola, come invece sembrava dal mare e dalla luce, dipendeva, con ogni probabilità, da quella presenza.

Nel sogno Massimo non vedeva Maddalena, pur sapendo che c'era. Era al limite del campo visivo, alla sua destra e dietro di lui. Avrebbe potuto certamente vederla se si fosse voltato, ma pur volendo non si voltava.

Avrebbe per sempre ricordato che lui parlava a Maddalena dell'isola, della casa e della sua vita, e Maddalena gli parlava di Cristina e anche di Checco, che invece lei non aveva mai conosciuto. Era irrazionale e lui provava a spiegarglielo, anche perché continuava a divagare e questo gli dava un enorme fastidio, un senso fisico di disordine che gli era insopportabile.

Lui diceva a Maddalena di come aveva sistemato la casa che, lei viva, serviva per le vacanze, ed era stato un acquisto un po' azzardato. Azzardato ma utile, dato che poi ci era andato a vivere, chiedendo il trasferimento al nuovo liceo scientifico dell'isola: certo i ragazzi erano quello che erano, ma almeno si era trovato già lì quando era andato in pensione.

Maddalena gli chiedeva se sentiva la figlia e quanto e come, se le parlava abbastanza, se quando le parlava, una volta alla settimana di domenica e a mezzogiorno, ciao papà come stai, io bene e tu, ci sono novità, no nessuna novità, ti saluta Luca, salutamelo tanto anche tu, sì faceva passare anche il bambino per parlargli un po'. E la risposta era no, ma non era quello che lui voleva dirle.

Lui voleva dirle degli alberi da frutto, che erano cresciuti e facevano prugne e albicocche e pesche e fichi, che lui mangiava con gusto particolare perché era certo di come crescevano, e li contava – e vincevano i fichi. Che le spigole e i cefali si prendevano dagli scogli tutto l'anno, mentre le mormore e le orate solo in primavera.

Maddalena gli chiedeva, sempre al di là della sua spalla destra mentre lui guardava il mare e il sole intermittente, se non pensava che un padre avrebbe dovuto essere più vicino a una figlia. Se adesso che lei non c'era, ed era strano a pensarci perché gli stava parlando e lui ne sentiva chiaramente la voce, ed era la voce da ragazza e non quella degli ultimi mesi di malattia in cui sembrava perdere fiato a metà di ogni frase, se adesso che lei non c'era insomma avesse mai pensato di doverle parlare di più, perché la ragazza non aveva altri parenti e con chi poteva parlare se non con lui, se avesse avuto bisogno di farlo?

Lui le diceva che aveva deciso di lasciare la vecchia casa, che tanto era in affitto ed era semplice, bastava portare via quello che entrava nella casa sull'isola e il resto regalarlo ai poveri, perché almeno qui stava per conto suo e nessuno gli rompeva le scatole. Che era incredibile ma la giornata era piena, tra la pesca e gli alberi e il giardino, e la casa da tenere in ordine perché come certamente lei ricordava lui odiava la confusione e gli piaceva non dipendere da nessuno, anzi ultimamente gli risultava perfino pesante andare una volta alla settimana all'emporio, perché la signora aveva gli occhi piccoli e gli faceva un sacco di domande: e come mai stava sempre solo, e perché la signora Cristina veniva solo d'estate, e non aveva paura del maltempo in quella casa così isolata. Che fastidio. Maddalena, che aveva una voce talmente bassa che era strano si percepisse in mezzo al soffiare del vento e alle urla dei gabbiani, gli chiedeva se non fosse invece il caso che dicesse a Cristina di andare da lui per Natale. Tanto era una richiesta alla quale certamente la ragazza avrebbe risposto no, papà, grazie ma proprio non posso, la mamma di Luca lo sai non sta bene, non capisce più niente, non si può lasciare sola proprio a Natale; ma che bello che tu me l'abbia chiesto, grazie, papà, mi hai fatto proprio contenta. Basta poco, diceva Maddalena.

Lui le rispondeva che aveva sempre la matematica, che mica il rapporto con la matematica si era chiuso con la fine dell'insegnamento. Anzi, le spiegava che ora il non dover fare i conti con la didattica lo aveva restituito alla scienza più pura ed essenziale. Che cercava e trovava senza sforzo i numeri e le grandezze nel cielo e nel mare e nei gabbiani e perfino nelle orate, che non aveva più la preoccupazione di dover tradurre quei pensieri di armonia e di ordine universale in parole comprensibili per menti ottuse e ignoranti, che adesso poteva seguire le onde cicliche del mare e calcolarne le variabili col vento e con la luna, prevedendo la successiva alla luce della precedente, gustandosi i modelli del clima come fossero sinfonie.

Lei, prima di scomparire, fece in tempo a dire che una figlia, a differenza della didattica, non si chiude con un diploma e arrivederci. È piuttosto una responsabilità, un compito, che invece di rimpicciolire, col passare del tempo ingrandisce, e dietro l'adulto bisogna vedere un bambino che non finisce mai. Insomma un invito per Natale, anche se rifiutato, era pur sempre un pensiero, e poteva

22

essere importante per dire io sono qui, sono tuo padre e
se hai bisogno di me sono qui, se ti voglio per il Natale ti
vorrò per tutto l'anno, e per tutti gli anni che ci saranno.

Poi suonò il telefono, nell'alba squarciata.

E nulla fu mai più come prima.

IV

Accadde una cosa strana: si sdoppiò.

Un Massimo De Gaudio restò con i piedi nudi sul gelido pavimento della cucina, la cornetta in mano, a rispondere a monosillabi alla voce costernata e imbarazzata che parlava con accento settentrionale. Un altro si avviò lentamente a prendere la vecchia borsa impolverata riposta sull'armadio, e la riempì diligente di indumenti, biancheria e spazzolino.

Il primo avvertiva una specie di strano rimbombo ritmico nella testa, e provava a dare un senso alle parole che sentiva. Il secondo scavava nei cassetti alla ricerca dell'orario degli aliscafi, ma attenzione, non doveva consultare il calendario estivo.

Il primo cercava disperatamente di uscire dal sogno in cui Maddalena gli chiedeva di invitare Cristina per Natale, nuotando con fatica verso la superficie, certo che sarebbe morto se non fosse riemerso in tempo. Il secondo non smise di pensare a cosa gli sarebbe servito per un periodo variabile tra i due e i quattro giorni, cercando di prevedere quello che sarebbe davvero accaduto e a che cosa sarebbe andato incontro, stando così i fatti.

Alla fine fu il secondo a trovarsi in piedi sul molo battuto dal vento gelido, con gli schizzi delle onde che si infrangevano contro la barriera in cemento del porto, in paziente attesa del primo aliscafo del mattino.

E questo secondo professore contemplava affascinato il funzionamento complesso della sua stessa mente, che si era a sua volta divisa in più parti.

Una, al solito, contava. I giri del motore che aspettava di andare a piena forza, due e mezzo al secondo, probabilmente. Gli anelli della catena che bloccava l'ingresso sulla pensilina, settantadue. Le persone infreddolite in attesa sotto la pensilina, a una decina di metri da lui, tredici fra studenti e pendolari.

Un'altra cercava di pianificare le azioni, aliscafo taxi stazione treno, biglietti da fare, contanti nel portafoglio ed eventuale sportello di prelievo. Questa stessa parte passava in rassegna il contenuto della borsa, provando a capire se avesse o meno dimenticato qualcosa di fondamentale.

A dare un po' di fastidio era l'ultima parte del suo cervello, quella che continuava a riproporre ricordi alla rinfusa, come prendendo vecchie fotografie da una scatola di metallo. *Cristina a diciassette anni che ride e gli dice: no, papà, io niente matematica. Lo so, sono brava, ma penso che farò economia. È una cosa più pratica, vediamo se qualcuno in questa famiglia alla fine riesce a fare un po' di soldi. Che ne dici, papà? Che figlia degenere, eh?*

Che poi, pensò, almeno fossero immagini in ordine cronologico. Invece eccone una di quand'era bambina.

Cristina vestita da fiore, per l'esattezza da margherita, canta una terribile filastrocca senza senso, e lui chiede: ma che si-

25

gnifica? E lei, seria: secondo me quello è il tuo problema, papà. Non tutto deve per forza significare qualcosa. E poi è la recita di quarta, magari quella di quinta significherà qualcosa. Abbi pazienza.

Un marinaio sganciò la catena e disse prego, potete salire. Massimo pensò confusamente di averlo già visto, e si ricordò nel momento stesso in cui quello arrossì e disse oh, professore, non vi avevo visto, prego. Salvi Gianmarco, bocciato due volte e poi passato al nautico.

Cristina chiusa in camera a singhiozzare, tre amiche dentro con lei, mamma, dice ogni tanto, mamma, mamma. Viene fuori una e dice aspettiamo un po', professore, vedrà che si riprende, Cri è forte, Cri non si spezza. Mamma, dice, e lui pensa no, non la so fare questa cosa, non la so proprio fare.

Le onde erano lunghe, si ballava un po'. L'isola era sparita alle spalle, la linea della città si ingrandiva davanti. Il giovane marinaio gli toccò la spalla, un bicchierino in mano, professo', prego, un poco di caffè. Lui lo fissò sorpreso, Salvi, gli disse, ma io ti ho bocciato due volte. E quello sorrise, un bel sorriso incoerente col mondo, e disse: che c'entra, professo', tenevate ragione, non ero capace. E poi, magari, ci ho sputato dentro.

Cristina chiusa in bagno, nella casa sull'isola, papà, per favore, viene un ragazzo a prendermi, lo fai aspettare in salotto? Sono in ritardo. Cinque minuti. E il ragazzo è abbronzato, imbarazzato e settentrionale. Lui lo fa entrare e gli si siede di fronte, senza parlare, e quello vorrebbe morire. Ha le scarpe rosse, e pure la faccia. Cristina arriva, li guarda sconsolata e dice: Luca, potrai mai perdonarmi?

I taxi al parcheggio non erano molti, cinque o sei, gli autisti all'interno col riscaldamento acceso, i vetri opachi di umidità. Andò in testa alla fila, Stazione Centrale per favore. Dal ponte dell'aliscafo Salvi continuava a fissarlo, lo sguardo triste come se avesse capito cosa gli stava succedendo.

Massimo si chiese come se la stesse cavando l'altro Massimo, se fosse ancora in piedi con la cornetta del telefono in mano a fissare il vuoto. *La cravatta, la maledetta cravatta che gli stringe il collo. Cristina che continua a girarsi e rigirarsi davanti allo specchio, siete sicure?, chiede alle amiche, sempre le stesse tre di quando era chiusa in camera a chiamare la madre. Come sto, papà? Che ti sembra dei capelli? E lui che dice guarda che altri cinque minuti ed è tutto inutile, perché Luca se ne va sicuramente, e lei ride, quando ride è uguale a quando si vestiva da margherita, e ride pure la sua amica, professo', ma allora avete senso dell'umorismo? Incredibile.*

Un po' di fila alla biglietteria, il vento, chissà come, si intrufolava pure all'interno della stazione, i baveri rialzati, l'alito caldo che condensa. Massimo contò quelli davanti a lui, dividendo per il tempo medio e valutando che sì, il treno che sarebbe partito tra ventisei minuti avrebbe contato a bordo anche lui di lì a quattro minuti circa. Quattro minuti e ventidue secondi, considerando il tragitto fino al binario.

Cristina ha fatto l'ultimo esame, trenta e lode, tempi perfetti e prima sessione utile. Lo vedi?, le dice. Avresti potuto tranquillamente dedicarti alla ricerca. Lei ride e gli risponde: alla ricerca di che, papà? Io quello che dovevo trovare l'ho già trovato. E guarda Luca che l'aspetta in strada, con le scarpe che non sono più rosse ma con lo stesso imbarazzo.

Cinque ore e venti fino alla stazione dell'altra città, quella che aveva sentito nominare tante volte finché lei gli aveva detto che ci sarebbe andata a vivere. E stavolta il ricordo non spunta da solo, se lo va a cercare scavando nella scatola di metallo con consapevolezza.

Sei sicuro che te la caverai, papà? Tieni conto che io ti chiamerò sempre, e che ho parlato con la signora Lidia, che abita a trecento metri da te e che è disposta a venire a fare le pulizie un paio di volte alla settimana, non ti devi preoccupare. Io? Io starò benissimo, non hai idea di come funzioni la famiglia di Luca in quella città, sono praticamente la famiglia reale. Mi verrai sempre a trovare, vero, papà? E io verrò sempre qui, figurati chi mi toglie l'isola d'estate, ci sono cresciuta, e poi c'è la mamma, la memoria che insiste...

Il controllore gli chiese il biglietto, e l'acqua che fino a mezz'ora prima aveva disegnato umide figure sul vetro del finestrino si trasformò in nevischio. La voce dell'uomo, la richiesta in tono sommesso, incrociarne gli occhi, qualcosa lo riportò al tempo e al luogo. Si accorse che aveva caldo, c'era un'aria soffocante pompata dai condizionatori. Tolse il soprabito, che aveva ancora indosso da quando si era seduto, quasi tre ore prima.

Si chiese per quale motivo non provasse dolore. Si chiese perché non fosse straziato, distrutto. Si chiese perché l'emozione più chiara che sentiva dentro fosse il fastidio di dover andare dove stava andando, di separarsi dalla sua quotidianità blindata. Si chiese la causa di quello strano sentimento, e perché non pensasse che la sua vita era finita.

Dalla scatola viene fuori un'istantanea ancora più vecchia, e Cristina non c'è, o meglio c'è. Ma in altra forma.

Maddalena è una ragazza, giovanissima e bellissima. Sono in macchina, la sua centoventisette, quante soddisfazioni quello splendore di vettura. Piove. Maddalena ha gli occhi luccicanti, aspetta una sua risposta e ne ha paura. Lui ha tante spe-

ranze e un grande amore, i numeri: ma è anche un ragazzo che sa assumersi una responsabilità. *Va bene, le dice. Va bene, non ti preoccupare. Non dovrei avere difficoltà a trovare un posto. Insegnerò, e ce la faremo. Ha ventidue anni e mezzo, è il più giovane ricercatore della facoltà. E distintamente pensa ecco, la mia vita è finita.*

L'aria calda sbrinava il vetro innevato e la verità gli tornava in mente come uno di quegli alberi spogli della pianura: si può pensare solo una volta che la vita è finita. Una volta. Non due.

Il treno si infilò in un tunnel. Massimo si chiese se mai ne sarebbe uscito.

V

Quando scese dal treno, gli sembrò di trovarsi in un altro mondo. Aveva lasciato un vento salmastro e unto che sbatteva in faccia umidità tiepida, e trovava aghi di ghiaccio che entravano nella pelle e toglievano il fiato.

Alzò il bavero del soprabito e reperì nella borsa un cappello di lana, che non ricordava nemmeno di aver preso. Alla testa del binario un uomo magro incassato in un piumino nero recava nelle mani guantate un cartello col suo nome. Gli si avvicinò e quello, chiesta conferma che si trattasse proprio di lui, gli fece cenno di seguirlo attraverso l'atrio della stazione.

Non c'era molta gente, e l'ambiente non era particolarmente ampio, tuttavia Massimo ebbe la sgradevole impressione che almeno due coppie si girassero a guardarlo con curiosità.

L'uomo uscì, camminando svelto verso una grande automobile scura che attendeva a ridosso del marciapiede, col motore acceso e le quattro frecce. Senza una parola, gli aprì lo sportello posteriore e rimase in piedi, gli occhi nel vuoto, in attesa che prendesse posto. Un po' impacciato, Massimo entrò.

Dall'altra parte del sedile c'era un uomo di mezza età, grassoccio, con un cappotto col collo di pelliccia nero. Portava un paio di occhiali spessi. Nonostante la temperatura sfiorasse i trenta gradi, non sembrava intenzionato a togliersi il pesantissimo soprabito, che aveva abbottonato fin quasi al mento.

Massimo si limitò a guardarlo, curioso. L'uomo col cartello si affrettò al posto di guida e avviò la marcia, lentamente.

Il passeggero disse:

«Buon pomeriggio, professore. Mi chiamo Pancaldi, Marcello Pancaldi. Sono il vicepresidente del gruppo Petrini, lavoro... lavoravo con suo genero. Mi permetta anzitutto di porgerle il mio cordoglio per la perdita. Una tragedia impossibile da accettare.»

Massimo continuava a fissarlo, senza parlare. Non sapeva proprio cosa rispondere.

L'altro riprese:

«Mi devo scusare per le modalità, se fossimo stati informati prima noi avremmo... Non aveva senso chiamarla nel cuore della notte, insomma. Il fatto è che sua figlia, la signora Cristina, aveva il suo numero memorizzato nel telefonino e così hanno per prima cosa... Immagino sia stato atroce.»

Massimo si rese conto che Pancaldi si aspettava che lui dicesse qualcosa. E per la prima volta, e non l'ultima, provò quasi imbarazzo a non sentire lo strazio che secondo l'opinione comune avrebbe dovuto portare scritto in faccia.

«Era una signora molto gentile, della polizia stradale. E comunque una cosa del genere non può essere comunicata in maniera tranquillizzante. Non cambia molto il modo in cui lo abbia saputo. Non crede?»

Le frasi vennero fuori in tono più duro di quanto sarebbe stato necessario. Pancaldi sbatté le palpebre dietro le lenti.

«Ah, ma certamente. È proprio così, gliel'ho detto, una tragedia. Io non riesco a immaginare come... Cioè, le assicuro che il dolore è immenso per tutti, penso che in realtà nessuno se ne renda ancora perfettamente conto. Sembra impossibile.»

È vero, pensò Massimo. È proprio così. Sembra impossibile, e forse è per questo che non sento niente. Perché sembra impossibile. E invece era solo altamente improbabile. La mente si chiese di che dati avrebbe avuto bisogno per calcolare con buona approssimazione la percentuale di probabilità che una cosa come quella succedesse proprio a Cristina.

Si riscosse e domandò:

«Può dirmi com'è successo, per cortesia? E dove stiamo andando, adesso?»

L'uomo sembrò sollevato dal poter rispondere a una domanda, invece di doversi inventare discorsi di circostanza.

«Stavano tornando da una festa di beneficenza, una sottoscrizione in un paesino qui vicino, organizzata da un'associazione di cui la signora Cristina era madrina, si interessava di tante cose, è una donna... era, mi scusi. Gliel'ho detto, sembra impossibile. Una donna straordinaria. Impegnata nell'aiuto a chiunque avesse bisogno, poveri, senzatetto, immigrati. Non era tardi, credo le ventidue o poco oltre. Immaginiamo una lastra di ghiaccio, fa già freddo.»

Massimo chiese, atono:

«Chi era alla guida?»

Pancaldi si diede una fugace occhiata alla mano guantata, come la vedesse per la prima volta. Senza sollevare gli occhi, disse:

«Il dottore. Gli piaceva guidare, in gioventù, lo saprà, ha fatto anche qualche gara di rally. Non ha mai voluto un autista. Ha perso il controllo, è andato contro un TIR che veniva in senso contrario. Sono stato sul posto, non ha proprio potuto evitare.»

Massimo chiese:

«Un camion, intende? Una strada a doppio senso, quindi?»

L'altro annuì:

«Sì, non doveva nemmeno andare particolarmente forte, ma sa, quando lo scontro è frontale...»

La velocità si raddoppia, pensò Massimo. Due che vanno a cento all'ora, come uno che va a duecento contro un muro.

Pancaldi riprese:

«Ci sono andato dopo essere stato all'ospedale, naturalmente. Abbiamo anche provato a richiamarla, ma non rispondeva più, forse era già partito per venire qui. Allora abbiamo fatto un controllo sull'orario dei treni, l'avremmo attesa anche al prossimo, insomma.»

Massimo si costrinse a fare la domanda che l'altro aspettava:

«È stato uno scontro... immediatamente mortale?»

Pancaldi sospirò, e guardò per un attimo il rado traffico che scorreva fuori dal finestrino.

«La signora e il dottore... Sì, professore. Immediatamente, come dice lei. Nessuna sofferenza, mi hanno assicurato. Io... insomma, per il riconoscimento non si deve preoccupare, ho provveduto io.»

Massimo chiese, senza di nuovo riuscire a dare un colore alla voce:

«Quindi io non dovrò...»

Pancaldi scosse vigorosamente il capo:

«No, no. Meglio di no, mi creda. E poi, non c'è motivo. Cioè, se vuole, immagino che sia nelle sue facoltà, ma se posso permettermi...»

Il professore fece, secco:

«No, no. Se ha provveduto lei, preferisco di no. E mio nipote, Francesco... è stato già informato di quello che è successo? Perché anche in questo, non credo di essere la persona più...»

L'altro strabuzzò gli occhi:

«Ma... ma non le è stato detto, professore? Francesco era con loro! Era sul sedile posteriore, crediamo stesse dormendo.»

Massimo ebbe una breve vertigine:

«Era con loro? Ed è...»

Pancaldi sollevò il palmo della mano, come per impedirgli di continuare:

«No, no. Non è morto. Ma è molto grave, ha subito un trauma cranico e fratture multiple. È lì che la stiamo portando. In ospedale. Mi scusi, credevo lo sapesse già.»

VI

La stessa sgradevole impressione che aveva avuto in stazione, di essere cioè guardato come se fosse stato riconosciuto da persone che non aveva mai visto, si ripropose, stavolta con più nettezza, all'arrivo in ospedale. L'autista si fermò all'ingresso del pronto soccorso, giusto il tempo di farli scendere per poi raggiungere un parcheggio. Una guardia uscì dal gabbiotto per dirgli che non era permesso l'accesso da quel lato, ma poi fece un passo indietro quando Pancaldi gli rivolse un cenno con la mano; Massimo credette perfino di notare un mezzo inchino dell'uomo in divisa.

Il vicepresidente, una volta sceso dalla vettura, si rivelò un ometto che non arrivava al metro e settanta, con una prominente pancetta e una strana andatura a passettini veloci, come se non volesse cadere o temesse di calpestare qualcosa. Con Massimo, che superava il metro e novanta e aveva un fisico asciutto e lunghe gambe magre, formava una coppia di opposti che, in altre circostanze, sarebbe risultata ridicola.

Ma nessuno rise quando entrarono nella sala d'aspetto riscaldata. C'era una coppia di inservienti nei pressi del distributore di caffè e due infermieri dietro la spessa lastra di vetro dell'accettazione. Su due delle sedie colorate che ospitavano i familiari dei ricoverati due donne anziane, dall'aria rassegnata. La precoce oscurità del pomeriggio di nevischio gelido restò discretamente fuori dalla porta automatica, che si chiuse alle loro spalle, lasciando il posto a una fredda luce al neon.

Massimo sentì addosso la curiosità di tutti i presenti, come marmorizzati dal loro arrivo. Uno degli inservienti al distributore restò addirittura con la moneta a metà, parte nella fessura e parte all'esterno. Pancaldi non parve fare caso alla cosa, e fece un cenno imperioso con la testa verso la postazione al di là del vetro.

Massimo si guardò intorno e colse un ordine e una pulizia ai quali gli ospedali del Sud l'avevano disabituato. Con un ronzio si aprì un'altra porta e ne uscì una giovane dottoressa dall'aria stanca che gli si fece incontro.

Pancaldi l'anticipò:

«La dottoressa Cadorna, il professor De Gaudio. È il nonno di Francesco, naturalmente per parte di madre. È appena arrivato.»

La donna lo fissò dal basso con curiosità.

«Ah, sì, certo. Buonasera. Il bambino è ancora in sala operatoria, ma mi risulta che l'intervento si stia concludendo. Non so dirvi altro. Comunque da lì verrà trasferito direttamente al reparto di terapia intensiva.»

Pancaldi corrugò la fronte e squittì:

«Non capisco, perché non sono stato avvertito? Avevo lasciato disposizioni precise in questo senso, devo essere informato di ogni variazione delle condizioni. Non ero stato chiaro, forse?»

La donna si passò una mano nei capelli. Massimo restò sorpreso per la perentorietà del tono e per la poca considerazione nei confronti della dottoressa. Lo squadrò come se cercasse di capire da dove veniva l'autorità che il vicepresidente esercitava in un ambiente come quello.

Fu ancora più sorpreso dal fatto che la donna, invece di rispondergli seccamente o peggio, assunse un'aria contrita: «Mi scusi, dottore, non ho potuto seguire di persona la cosa, ero impegnata con un infartuato grave, lì ci sono la sorella e la moglie, lo abbiamo preso per i capelli.»

L'uomo era irrigidito dalla rabbia. Sibilò: «Va bene, dottoressa. Ormai è fatta. Da che parte arrivo alle sale operatorie?»

Il medico disse, piano: «Deve passare dall'esterno, dottore. Dalla hall principale, un piano sotto. Troverà lì chi la informerà. Io... mi dispiace ancora per il disguido, spero non pensiate che nel mio reparto il paziente non sia stato seguito in maniera adeguata, posso assicurare che...»

Pancaldi aveva lo sguardo di un rettile.

«Dottoressa, mi ascolti: io sono uscito di qui stamattina, dopo essermi accertato che il bambino fosse fuori dall'immediato pericolo di vita, anche se lei stessa mi ha detto che era in condizioni piuttosto gravi. L'avevo pregata di chiamarmi senza indugio qualsiasi cosa accadesse, si trattava di fare un numero di telefono. Adesso torno e vengo a sapere che Francesco si trova in sala operatoria per un intervento neurochirurgico. Ora, mi dica: questa non è un'informazione degna di nota?»

La donna provò a parlare ma non ci riuscì, le tremava addirittura il labbro inferiore. Gli altri presenti fingevano di non sentire.

Massimo non intendeva continuare a fare da spettatore di una scena che trovava solamente imbarazzante e che lo scopriva sguarnito di argomenti per intervenire nel merito. Si limitò a dire stentoreo:

«A questo punto vorrei vedere mio nipote.»

Il tono fu più imperativo di quanto volesse, ma ebbe almeno la funzione di far sobbalzare Pancaldi come se avesse ricevuto uno scappellotto:

«Ah, ma certamente, professore, mi scusi, è ovvio, ogni discussione può aspettare: prima il bambino. Andiamo.» E si voltò, senza congedarsi. Massimo si rivolse alla dottoressa e le fece un cenno del capo, ma lei non rispose.

Percorsero un breve viale alberato. Il nevischio si era trasformato in una nevicata piuttosto fitta, che cominciava a coprire i grigi e polverosi esiti di una precipitazione precedente, mucchietti smorti di neve ghiacciata ai lati della strada.

Pancaldi liquidò con un gesto secco della mano l'autista, che da lontano aveva chiesto con gli occhi se avessero ancora bisogno di lui, e disse:

«Mi scuserà, professore, ma non tollero l'inefficienza. Ero stato molto chiaro con la dottoressa.»

Massimo si limitò ad ascoltare.

L'ometto, continuando a mulinare le gambe, scosse il capo deciso:

«Questo ospedale, come moltissime altre opere che questa città ha e che tante città dei dintorni nemmeno si sognano, è stato quasi integralmente costruito con le donazioni dell'azienda di... che è stata di proprietà della famiglia di suo genero, professore. Scuole, asili, l'ospizio, il campo sportivo. Un secolo di attività, tre generazioni, e nessuno mai si è dimenticato di fornire lavoro e servi-

38

zi alla gente. Ci si aspetterebbe una considerazione particolare, no?»

Massimo, che non si era mai spinto a indagare lo spettro di attività della famiglia di Luca, non rispose. All'entrata del complesso venne loro incontro, evidentemente allertato dalla dottoressa del pronto soccorso, un medico dai capelli corvini e con gli occhiali.

«Salve, dottor Pancaldi, sono il dottor Marelli di neurochirurgia. Il primario, il professor Cantelmo, sta operando il paziente, ma ha quasi terminato. Prego, vi accompagno direttamente al reparto di terapia intensiva dove stanno per trasferirlo.»

Presero un lindo ascensore che li portò silenzioso al secondo piano. Incrociarono personale e familiari di pazienti, volti inespressivi o disperati. Nella sua vita, Massimo non si era mai sentito così spaesato e fuori posto.

Giunsero davanti a una porta di vetro opaco, e mentre il dottor Marelli stava per aprirla gli si avvicinò una donna.

Folti capelli rossi, alta, aveva un'aria determinata. Sul volto dai bei lineamenti, forse un po' duri, c'erano gli evidenti segni di un forte dolore, di una notte insonne, di un'immane preoccupazione e anche di molta rabbia.

Fronteggiò Pancaldi e disse, con accento dell'Est:

«Quanto ancora devo aspettare per avere notizie del mio Checco, si può sapere? Quanto ancora mi dovete tenere qui, senza dirmi niente?»

Pancaldi, imperioso fino ad allora con chiunque, arretrò di un passo e balbettò, inquieto:

«Professor De Gaudio, le presento Alba. È la baby sitter di suo nipote.»

VII

La donna squadrò Massimo e lo studiò con un'intensità che, per un attimo, seppe distrarla dal dolore. Gli occhi erano d'un verde liquido e trasparente, consumati dal pianto e dalla veglia, gonfi, arrossati, e tuttavia curiosi e intelligenti. Sostenne lo sguardo dell'uomo, poi fece un sorriso amaro:

«Ah. Il nonno pescatore. Quanto sarebbe stato felice, di vederlo qui. Ci voleva questa tragedia per venirlo a trovare.»

Massimo non riuscì a replicare. Fu Pancaldi ad andare, per modo di dire, in suo soccorso:

«Alba, ma le pare il momento di recriminare? L'importante è che il professore sia qui, vicino a Francesco. Adesso l'unica cosa che conta è che il bambino stia bene, che si riprenda. Perché sappiamo che la situazione è tutt'altro che facile, purtroppo.»

La donna si voltò verso di lui e ribatté:

«Ecco, dottor Pancaldi, per l'appunto: la situazione.

Qualcuno può dirmi com'è, la situazione? Perché sono qui da quasi cinque ore e, oltre a qualche sorriso di circostanza e qualche "stiamo facendo tutto il possibile", nessuno ha avuto la buona grazia di dirmi niente.»

Massimo pensò che, al di là di un accento forse reso invadente dalla forte emozione, Alba parlava un italiano perfetto. Doveva essere lì da molto tempo.

Pancaldi allargò le braccia:

«Siamo tutti nelle stesse condizioni, Alba. Nessuno sa niente. Francesco sta subendo un intervento chirurgico, è grave e stanno provando a salvarlo in ogni modo. Quello che sa lei, so io. Ed è quello che per ora ci serve sapere, no?»

Aveva terminato la frase guardando con intenzione Marelli, il giovane dottore che si teneva un po' in disparte, in evidente difficoltà. Sentendosi chiamato in causa, quello intervenne:

«Il professor Cantelmo è tra i primi neurochirurghi del paese, signori. Non ci sono mani migliori in cui il bambino poteva capitare, credetemi. Certo, i politraumatizzati sono sempre difficili da trattare, ma i pazienti di quell'età hanno facoltà di recupero assolutamente straordinarie.»

Massimo cercava con fatica di mettere ordine tra le informazioni che gli precipitavano addosso da ogni parte. Erano otto anni che non si muoveva dall'isola, restringendo progressivamente il campo nel quale la sua vita si svolgeva, secondo una sequenza di eventi sulla quale esercitava un pieno controllo, o così credeva. All'improvviso, e dalla telefonata di nemmeno dodici ore prima, tutto era bruscamente cambiato, e la cosa, per la sua mente logica e razionale ma anche disabituata a ogni forma di imprevisto, gli causava un intollerabile senso di disordine e di confusione.

«Mi scusi, dottore» disse, «potrebbe spiegare a me, che sono un profano, e anche alla signora, esattamente cosa intende per politraumatizzato? E che c'entrano le facoltà di recupero?»

Il giovane lanciò un'occhiata sospesa tra l'imbarazzo e la paura in direzione di Pancaldi, che restò impassibile, con l'espressione vagamente afflitta che aveva quando doveva dominare la collera.

Non ricevendo l'aiuto sperato, il dottore disse:

«Io... non sono informato con assoluta precisione, insomma non sono stato in sala operatoria, ho intravisto Francesco al pronto soccorso e quando lo abbiamo sottoposto alla prima diagnostica per immagini. Lui... insomma, l'incidente è stato grave, come avete... sapete quello che è successo, un impatto molto violento, c'è un trauma cranico severo, uno schiacciamento toracico, una frattura dell'omero e del femore dal lato destro, una...»

Alba respirò rumorosamente. Massimo si voltò a guardarla, e fece appena in tempo a sostenerla mentre barcollava, impallidita. Di nuovo si vergognò di non provare il dolore che avrebbe probabilmente dovuto provare, di fronte a quell'estranea che invece si sentiva mancare solo all'elenco dei traumi riportati dal bambino.

La donna si riprese e allontanò la mano di Massimo.

«Sto bene, io sto bene. Continui, dottore. La prego.»

Il medico sembrava sempre più in difficoltà. Spostò il peso da un piede all'altro e proseguì, in tono più rassicurante:

«Le fratture degli arti non sono gravi e non preoccupano, signora. I problemi sono la testa e il torace, perché la respirazione è un meccanismo delicato. Ma ripeto, il bambino è nelle migliori mani possibili. Adesso aspettiamo qui, lo guarderemo passare mentre lo trasferiscono in reparto. Certo sarà sedato, ma almeno potrete vederlo un momento.»

Massimo chiese ancora:

«Ma a proposito di quello che ha detto, dottore, sulle facoltà di recupero. Se l'operazione dovesse andare bene, il bambino si riprenderà, no? Voglio dire, tornerà autonomo, vero?»

Alba gli lanciò un'occhiata interrogativa. Pancaldi sospirò lieve. Marelli si strinse nelle spalle:

«Guardi, professore, quando è coinvolto il cranio non si può mai dire niente, non saprei proprio cosa immaginare. È, come di certo immagina, la parte più complicata. Allo stato, il punto è cercare di assicurare la sopravvivenza, è un momento assai difficile; del recupero e dei possibili danni permanenti ci si occuperà successivamente.»

La donna gli prese il braccio, con una forza inaspettata che fece sussultare il giovane medico:

«Dottore, voi dovete salvarlo. Dovete. Lui è... è un bambino meraviglioso, sa? È buono, gentile. Crede nei supereroi, si commuove davanti ai cartoni, piange ogni volta che gli racconto una favola. È generoso e dolce, beneducato, molto affettuoso, capisce? Checco è... era legatissimo ai suoi genitori, li amava molto, non gli sarà facile fare a meno di loro, sì: ma ha tutta la vita davanti, è piccolo, così piccolo. Lo dovete salvare, dottore. Mi promette che lo salverete?»

Parlando aveva cominciato a piangere, senza singhiozzi ma solo con lacrime calde che le scendevano lungo le

43

guance. Massimo la osservava affascinato, un dolore così grande e sconfinato e profondo, un abisso di sofferenza da parte di una persona salariata, salariata perché badasse al bambino. Gli sembrava incredibile, e molto imbarazzante. Il dottore cercò di rispondere, sottraendo il braccio alla stretta:

«Signora, stiamo tutti facendo del nostro meglio, il professor Cantelmo sta sicuramente...»

Fu interrotto dal cellulare che cominciò a squillare nella tasca del camice. Lo prese, guardò il display, mormorò delle scuse e si allontanò.

Alba si premeva un fazzoletto sulla bocca, gli occhi spalancati nel vuoto. Massimo guardò Pancaldi, che restituì l'occhiata senza scomporsi. Il dottore sbiancò in volto, guardò un attimo verso di loro e Massimo distinse con chiarezza un'espressione che conosceva bene: la stessa che avevano i ragazzi quando erano chiamati per un'interrogazione alla quale erano totalmente impreparati.

Marelli mormorò un assenso al telefono, poi lo ripose nel camice e si avvicinò.

«Signori, mi dispiace ma devo pregarvi di attendere nell'altra sala. Starete più comodi, ci sono delle poltrone e...»

Alba, attraverso una mano che aveva portato tremante alla bocca, chiese:

«Che succede, dottore? Che succede? È Checco, vero?»

Il medico rispose, con una nuova autorità che fino a quel momento non aveva mostrato:

«Signora, adesso dovete aspettare nell'altra stanza. Io devo andare in sala operatoria, non so dirle proprio niente. Prego, mi lasci andare. Non perdiamo tempo.»

Pancaldi si staccò dalla parete e prese Alba per il braccio:

«Andiamo, Alba. Noi non possiamo fare niente, il dottore invece sì. Lasciamolo lavorare. Ci avviseranno appena possibile.»

Massimo si chiese quando sarebbe tornato nell'isola. E come.

VIII

Da ragazzo, prima che l'università lo fagocitasse assorbendo integralmente tutti i suoi interessi e il suo tempo, Massimo andava a teatro. Gli piacevano quelle ore sospese, l'oscurità e la distopia, trovarsi per un po' in un altro tempo e in un altro spazio; molto più del cinema, che gli sembrava irreale e sintetico, troppo finto per emozionarlo.

Una volta, e dopo quasi quarant'anni gli venne in mente adesso con impressionante chiarezza, in un teatrino off per una sessantina di spettatori al massimo, al secondo piano di un antico palazzo del centro storico, aveva assistito a una commedia alla quale partecipava una compagna di studi con la passione per la recitazione. La trama era cervellotica e articolata, ma ricordava con precisione l'ambientazione: tre persone si ritrovavano in una stanza, in attesa dell'arrivo di una quarta che doveva portare una notizia che avrebbe risolto tutto quanto.

Confusamente ricordava anche che si trattava di un fratello, di una sorella e del marito di questa. Era appena morto un genitore, forse il padre, e attendevano l'arrivo di un notaio che doveva riferire delle ultime volontà del morto. Una serie di elucubrazioni e di rivendicazioni senza senso, l'occasione per vomitarsi addosso un risentimento che aveva covato sotto la cenere per anni e innumerevoli pranzi e cene e feste di famiglia, e che finalmente poteva esplodere. Una storia cinica e amara come solo i giovani sanno concepire, insomma.

La cosa gli venne in mente perché, almeno dal punto di vista formale, ora si trovava in un contesto simile. La stanza in cui Pancaldi li aveva condotti non sembrava trovarsi in un ospedale, ma in un moderno appartamento privato. Un tavolo di vetro e legno, un divano e due poltrone, un tavolino. La finestra mostrava il parco attorno, che andava man mano imbiancandosi. I lampioni erano già accesi, gialli e caldi, e davano una luce bassa che il turbinio della neve rendeva suggestiva, ma per lui aliena e inquietante.

Meglio l'interno, che invece aveva l'aspetto asettico e impersonale di un ufficio di rappresentanza, e dove l'unica forma di eccesso e di autocelebrazione era costituita da un busto in bronzo di un uomo con baffoni a manubrio e radi capelli che scrutava corrucciato l'avvenire. Massimo si avvicinò e lesse la targhetta: "Giuseppe Petrini, 1888-1941".

Pancaldi, che non perdeva un dettaglio, spiegò riverente: «Il nonno del povero dottore, il fondatore dell'azienda. Questa stanza è intitolata proprio a lui.»

Massimo si chiese che senso avesse intitolare a qualcuno una sala d'aspetto, ma non commentò.

Alba aveva preso posto su una delle poltrone, ma sedendo, come si dice, "in pizzo": piegata in avanti, i gomiti sulle ginocchia e le mani sulla bocca, ondeggiava lievemente. Gli occhi arrossati guardavano nel vuoto. Non aveva aggiunto più una parola. Massimo si chiese se stesse pregando, o ricordando; o se semplicemente non avesse voglia di interagire con nessuno. Aveva l'impressione che la donna avesse un'alta considerazione di sé, soprattutto a fronte di Pancaldi e quindi anche di chi aveva a che fare con lui.

Il vicepresidente continuava a ricevere messaggi sul cellulare, segnalati da un flebile scampanellio. Rispose anche a un paio di telefonate, mettendosi con la faccia al muro come un alunno in punizione. Bisbigliava, il tono era secco, ma non si capiva cosa dicesse. Non che a Massimo interessasse, beninteso: dal canto suo, si era messo a calcolare la distanza che in quel momento lo separava da casa. Considerando la conversione delle miglia marine, il tragitto percorso in taxi fino alla stazione e poi con il silenzioso autista di Pancaldi dalla stazione all'ospedale, riteneva che in quel momento doveva essersi allontanato di una distanza compresa tra i novecentoquindici e i novecentoquaranta chilometri, con buona approssimazione. Non era certo un intervallo soddisfacente dal punto di vista della precisione, ma comunque inferiore al cinque per cento.

Passò quasi un'ora. A Massimo venne in mente almeno un paio di volte che gli pareva di trovarsi in una rappresentazione teatrale piuttosto noiosa: Alba taceva e, salvo il momento in cui le mani lasciarono la bocca per coprire l'intero viso a contenere un accesso di pianto sconfortato, praticamente non si mosse mai.

Dopo una telefonata, Pancaldi gli si avvicinò per parlargli a bassa voce:

«Professore, mi scusi ma avrei bisogno di alcune di indicazioni. Prima di tutto, la sua sistemazione. Abbiamo pensato che casa di sua figlia e del dottore, date le circostanze, non sia l'ideale; potrebbe perciò pernottare nel palazzo della sua consuocera, che come sa non è in buone condizioni di salute e non è stata informata della disgrazia; però non sarebbe un problema, perché nemmeno la incontrerebbe, posso dare disposizioni al personale della casa in tal senso.»

Massimo scosse il capo:

«No, no. Preferisco stare per conto mio, grazie. Veda se può trovare una pensione, un piccolo hotel magari non lontano dalla stazione. Così posso ripartire facilmente, appena possibile.»

L'uomo restò un attimo interdetto, poi acconsentì:

«Come desidera. Poi ci sarebbe la questione del funerale. Mi scuso se ne parlo proprio adesso, ma lei è l'unico parente che... insomma, il dottore non aveva che alcuni cugini lontani, stanno all'estero, e... dovrebbe scegliere tra una cerimonia pubblica, per organizzare la quale però ci vorrebbero almeno due giorni, la città intera è molto legata alla famiglia Petrini, e una in forma strettamente privata, per pochissime persone. Sono certo che sarebbe compresa quest'esigenza, date le circostanze...»

Massimo si limitò ad approvare:

«Date le circostanze, certo. Se posso scegliere, preferisco senz'altro la forma privata. Almeno immagino che mia figlia avrebbe preferito così. Mio genero non so, non lo conoscevo abbastanza. Se si può, questa è la soluzione migliore.»

Si sentiva in difficoltà, perché gli pareva di dover decidere per conto di qualcun altro, di essere un intruso. Non riusciva a scrollarsi di dosso l'impressione di star usurpando qualcosa, di trovarsi in un ruolo che non solo non gli competeva, ma per il quale era assolutamente inadeguato. Voleva andarsene di lì. Prima possibile.

Pancaldi annuì. Gli sembrò un po' deluso.

«Ma certo, professore. Allora cerco di organizzare tutto per domani stesso. Speriamo di avere buone notizie per Francesco, adesso conta solo questo.»

Massimo annuì a sua volta. Certo. Contava solo questo. Alba aveva smesso di guardare nel vuoto e lo fissava, con i grandi occhi verdi e vacui. Per chissà quale motivo, quello sguardo gli diede un brivido.

C'era una riprovazione che sconfinava nel disgusto. Quella donna, e non avrebbe saputo proprio spiegarne le ragioni, lo faceva sentire sotto esame, e non era che una governante, una dipendente della figlia. Mentre si chiedeva il perché, gli venne in mente che, nella situazione in cui si trovavano, Alba era esattamente il suo opposto: tutto il sentimento, il dolore, la passione che lui non provava erano in lei e in quegli occhi pieni di lacrime.

IX

Fu proprio in quel momento che la porta si aprì ed entrò un uomo, seguito da altre tre persone in camice fra cui Marelli, il giovane medico che li aveva aggiornati. L'uomo avanzò deciso verso Massimo e si fermò davanti a lui, mentre Alba balzava in piedi e Pancaldi faceva un passo indietro. Era alto, il volto dalla mascella squadrata, sessant'anni molto ben portati, capelli appena sfiorati dal grigio pettinati all'indietro, occhi neri e sopracciglia folte.

Non tese la mano e si presentò con una certa irruenza: «Salve, sono Cantelmo. Lei è il nonno del bambino, vero? Il professor De Gaudio.»

Alba gli si fece sotto, a pugni chiusi: «L'ha operato lei? Come sta Checco? È vivo, vero? Vivrà, sì? Lo avete salvato?»

Il tono era vibrante di un dolore che sarebbe rimasto senza ascolto. Era una richiesta di aiuto. Massimo, assurdamente sdoppiato come da quella mattina all'alba, pensò che c'era del teatro in quella sequenza di domande.

Si sforzò per entrare nella parte, e disse:

«Sì, sono io. Mi dica pure, dottore.»

Il medico lanciò un'occhiata di sfuggita ad Alba, e riportò la concentrazione su Massimo. Sembrava molto stanco.

«In qualità di parente più prossimo, volevo informarla sulla situazione del paziente. Posso parlare davanti a queste persone?»

Massimo acconsentì. Cantelmo riprese:

«Il quadro clinico è molto grave. Come ha saputo dal dottor Marelli, Francesco ha diversi traumi, di cui la frattura del cranio è naturalmente il più problematico. Siamo intervenuti, il danno era vasto. Alla fine dell'operazione tuttavia il bambino ha avuto una crisi respiratoria, e lo stavamo perdendo.»

Intervenne Marelli:

«La crisi è stata al momento risolta, ma non possiamo escludere niente.»

Cantelmo raccolse la cautela del giovane collega:

«Il collega ha ragione. Potrebbe ripresentarsi. Potrebbe accadere che sia anche peggiore, non possiamo escludere niente. In considerazione dell'importanza della famiglia, e di quello che è accaduto ai genitori, lei capisce, certe decisioni vanno prese.»

Le parole caddero nel silenzio, col loro carico di sottintesi. Pancaldi abbassò gli occhi. Alba cercava di leggere qualcosa sui volti dei presenti, come se non capisse il significato di quanto era stato detto.

Massimo disse, sorprendendo anche se stesso per il tono asettico della voce:

«Dottore, i danni cerebrali. Il bambino potrebbe riportare deficit gravi, se sopravvivesse?»

Cantelmo lo fissò senza mai distogliere lo sguardo,

come se cercasse di soppesare le capacità decisionali del professore. Rispose:

«Non siamo in grado di determinarlo, allo stato. Forse non lo sapremo per molto tempo. Certo, come le ho detto, il danno è vasto. E l'operazione è stata particolarmente complessa.»

Massimo cercava di capire per quale motivo questa cosa toccasse a lui, e soprattutto perché non sentisse alcun conflitto intimo tra ragione e sentimento.

Disse, piano:

«Considerando che non ha più i genitori e che non ha fratelli, e che avrebbe probabilmente una vita che non...»

Si levò, a interromperlo, un urlo roco che pochissimo aveva di umano. Alba gli piantò le unghie nel braccio, si alzò sulla punta dei piedi e gli parlò a pochi centimetri dalla faccia, tanto che Massimo dovette tollerare gli schizzi di saliva e, ancor più feroci, quegli occhi sbarrati puntati su di lui.

«Tu! Con che diritto vieni a dire che deve morire? Chi cazzo sei, tu che non sei mai venuto a vedere dove vive, che scuola frequenta, con che cosa gioca, in che letto dorme? Chi cazzo sei tu, inutile eremita, che nemmeno sai quanto ti ama, che idolo sei per lui? Il nonno pescatore, il suo eroe, da grande voglio essere come lui, è perfetto, sai, Alba? Chi cazzo sei, per decidere che deve morire?»

Pancaldi si riscosse e l'abbrancò alle spalle, per trascinarla indietro. Lei sbraitava e scalciava per liberarsi. Intervenne anche una dottoressa del seguito di Cantelmo, e infine la sospinsero fuori.

Massimo restò immobile dov'era, nella stessa posizione. All'improvviso ebbe freddo, un freddo immenso.

Allo stesso modo, Cantelmo rimase con gli occhi fissi

in quelli di Massimo. Entrambi avevano forse visto troppa vita e troppa morte.

Il professore parlò:

«Sì. Forse non ho tenuto conto di qualcosa di importante, dottore.»

Il medico si strinse nelle spalle:

«Sa, non tocca certo a noi prendere decisioni come questa, per fortuna. Ma penso, e glielo dico, che a volte il sentimento porta a imboccare vie che alla fine si rivelano più giuste di quelle che indica la ragione. Chi lo può dire?»

Era come se a Massimo fosse rimasto appiccicato un pensiero e non potesse sbarazzarsene. Dall'esterno si sentiva piangere, e una voce femminile che cercava di essere rassicurante.

Alla fine Massimo prese fiato:

«Per ora non mi sento di dirle di lasciarlo andare, anche se probabilmente sarebbe la soluzione migliore. Forse è ancora troppo presto. Se riesce, lo tenga in vita, dottore. La prego.»

Il medico finì con l'acconsentire:

«Come vuole. Il bambino verrà trasferito in terapia intensiva e verrà naturalmente tenuto sotto strettissima osservazione. Domani, nel pomeriggio, ci aggiorneremo sulla situazione e magari potrà anche vederlo.»

Massimo disse a bassa voce:

«Grazie, dottore.»

Cantelmo abbassò il capo con una certa gravità e se ne andò..

X

In maniera neanche troppo discreta, Pancaldi continuò a insistere perché il professore si sistemasse nell'unico cinque stelle della città, un resort appena fuori dal centro storico; naturalmente, aveva aggiunto mellifluo, se proprio non voleva che gli fossero allestite delle stanze nella villa dove risiedeva la madre di Luca.

Gli aveva detto, con tono un po' piagnucolante:

«La prego, professore: questa è una piccola città, perché lasciar pensare alla gente che non siamo stati adeguatamente ospitali con l'unico parente della povera signora Cristina? Ci lasci fare almeno questo!»

Massimo però era stato irremovibile, scegliendo un alberghetto non lontano dalla stazione. Ormai, dopo essere stato in ospedale, sapeva che probabilmente sarebbe stato costretto a trattenersi qualche giorno, sperava il meno possibile, ma pensare di poter ripartire senza dover percorrere troppa strada e dover ricorrere a mezzi altrui gli dava una maggiore tranquillità.

A malincuore Pancaldi fece sì che l'auto scura lo accompagnasse a destinazione. L'autista insistette per essere lui a portare la borsa, e non ci fu verso di togliergliela di mano. Pancaldi uscì dall'abitacolo riscaldato con la stessa riottosità di un neonato al momento del parto, porgendo a Massimo un biglietto:

«Professore, questo è il mio numero; ho segnato anche quello di Filippo, l'autista. La prego di chiamare per ogni necessità, a qualsiasi ora, anche di notte. L'hotel, ho fatto verificare, ha anche un servizio di ristorante e non si mangia male. Se poi, dopo essersi sistemato, avesse voglia di uscire, io posso...»

Massimo lo interruppe, forse appena più brusco di quanto avrebbe voluto:

«Grazie, Pancaldi. Non avrò problemi, e vorrei stare un po' per conto mio.»

L'altro fu comprensivo:

«Ma certo, certo, come desidera. Passerei allora a prenderla domani alle dieci, ho dato disposizioni per la cerimonia funebre secondo i suoi desideri: sarà una funzione privata, nella chiesa dei Cappuccini, che fa parte di una struttura conventuale circondata da ampie mura perimetrali. Sarà perciò più facile tenere alla larga i curiosi e i giornalisti. A questo proposito, professore, qualcuno potrebbe cercare di contattarla direttamente: io consiglierei, nel caso, di rinviare al nostro ufficio per le comunicazioni, che saprà...»

Massimo replicò sbrigativo:

«Stia tranquillo, non intendo minimamente mettermi a concedere interviste. Peraltro non saprei cosa dire. Buonanotte, Pancaldi, e grazie. Ci vediamo domani.»

La stanza era ben più che semplice, ma pulita. Gli ultimi soggiorni in albergo del professore risalivano a una decina d'anni prima, quando aveva interrotto la consuetudine, mai particolarmente gradita, di accompagnare le ultime classi del liceo in gita. Era un impegno che aveva sempre avversato. Lui non apparteneva a quella categoria di insegnanti che cercano la complicità e la confidenza degli studenti, e nemmeno gli piaceva fare il servizio di gendarmeria implicito nel ruolo. C'erano tuttavia delle alternanze da rispettare, e qualche volta gli era toccato.

L'albergo, un'anonima palazzina degli anni Cinquanta, era effettivamente a due passi dalla stazione e si confondeva con gli altri edifici, egualmente senza identità e senza passato. Il viale dei platani, così lo chiamavano, anche se era intitolato a Ludovico Ariosto, era nato insieme alla stazione negli anni Venti, ma la sequenza di case sui due lati della strada mescolava l'urbanizzazione frettolosa dei primi anni della ferrovia, un altrettanto frettoloso adeguamento ai codici dell'architettura fascista fra gli anni Trenta e Quaranta, e infine un'ultima spinta dell'edilizia del dopoguerra. Il viale principiava, come in tanti centri urbani della pianura, con un monumento ai caduti e arrivava alla rotonda degli autobus.

Dentro l'albergo c'era un caldo eccessivo, e fastidioso era il rumore dell'impianto di riscaldamento, che Massimo fece subito abbassare al minimo. Detestava infatti gli ambienti in cui si rispondeva spingendo la temperatura all'opposto di quella esterna. Si guardò attorno, sistemò il letto in asse con la parete alle spalle, raddrizzò una sedia davanti allo scrittoio. Prese la busta di stoffa con gli oggetti da toletta e la mise in bagno. Al neon che rendeva tutto bianco e asettico preferì la luce sopra lo specchio.

Con una lucidità quasi abbagliante si chiese cosa ci facesse lì. Se avesse avuto maggior presenza di spirito, avrebbe dovuto rispondere che era stato inchiodato in quel posto contro la sua volontà. Non capiva proprio in che modo avrebbe potuto contribuire a dominare la situazione, Pancaldi sarebbe stato sicuramente più che pronto a fronteggiare la possibilità della sua assenza.

Dannate convenzioni, pensò. Sono un parente, e quindi devo stare qui. E se cerco di agire secondo logica, come quando ho parlato dell'eventuale crisi di Checco col medico che lo stava assistendo, vengo considerato un serpente a sangue freddo che non prova emozioni.

Si sdraiò sul letto, gli occhi fissi al soffitto. Maddalena, pensò, sarebbe stata sicuramente adatta. Avrebbe pianto, avrebbe mostrato tutto lo strazio e la sofferenza che ci si poteva aspettare.

Si alzò, d'impulso. Decise di uscire, di prendere un po' d'aria. Aveva bisogno di riflettere, di capire qualcosa di più. Fin dal momento in cui era sceso dal treno, non era mai stato lasciato solo; in un modo o nell'altro, Pancaldi non lo aveva mai perso di vista.

Prese il cappotto e uscì. Era ormai buio, e aveva smesso di nevicare. Si addentrò nel centro storico, un dedalo di stradine con un curioso acciottolato tanto elegante quanto minaccioso, gelato com'era. L'aria era fredda e umida, e i fasci di luce dei lampioni sembravano dare spessore alle briciole di umidità sospese nell'aria. Massimo sentiva che i polmoni assorbivano quel gelo ostinato a cui non era abituato. I passi sui ciottoli risuonavano in lui come venissero da lontano, tristi, desolati.

Poche erano le finestre illuminate, pochissime le persone che incrociò lungo il percorso senza meta che stava disegnando in quel silenzio. I negozi erano chiusi, e pareva che in realtà non fossero mai esistiti, quasi la città fosse tornata alle sue origini medioevali, asciugata di tutta la sua vita. Non fosse stato per qualche sportello bancario freddamente illuminato e un paio di caffè dalle vetrate appannate ci si sarebbe potuti chiedere se il borgo fosse in effetti un luogo disabitato.

Ora di cena, pensò Massimo. Che differenza con l'isola, soprattutto d'estate. Quando, per salvarsi dall'invadenza e dalla confusione, bisognava praticamente barricarsi in casa.

Continuava a camminare svelto come se fosse diretto da qualche parte, ma teneva quell'andatura solo per contrastare il freddo che filtrava attraverso i tessuti, colava dentro i muscoli, e si mescolava al sangue per arrivare all'anima. Come era stato per Cristina vivere lì? Che patti aveva stretto con quel clima? Come si era abituata a tanta desolazione? Certo, la casa, il marito, il figlio. Tutte buone ragioni per dare profondità e calore all'esistenza. E poi pensava che, col tempo, si fosse fatta un giro di amicizie. In verità si limitava a sperarlo, perché a vederla così, in quella notte condannata al silenzio, la città pareva davvero il luogo meno accogliente che si potesse immaginare; e lei, Cristina, era invece abituata al colore, alla musica delle cose, al calore del sole, a un luogo che per oltre dieci mesi all'anno consentiva di stare per strada, immersi fino all'eccesso nei suoni, nelle voci, nel trambusto di negozi e caffè aperti anche di notte.

Mentre si lasciava portar via dalle immagini della sua isola, si rendeva conto di quanto poco conoscesse sua figlia, e soprattutto di quanto poco l'avesse pensata e si fosse chiesto che cosa faceva lontano da dove era nata e che distanza avesse scavato nel corso del tempo. Era ben strano che non ci avesse mai riflettuto su, era ben strano come Cristina stessa non gli avesse mai confidato nien-

59

te. Era entrata in quella realtà aliena senza fargli sapere nulla, ma perché? Perché non c'era nulla da fargli sapere o perché lui non era la persona con cui confidarsi? Adesso era tardi per farsi queste domande. Con una freddezza di cui si spaventò, pensò al fatto che l'indomani avrebbe seppellito, col corpo martoriato, anche tutti i pensieri e le inquietudini che quella ragazza così bella aveva portato nel cuore. Non c'era più niente da fare: quel cuore si era fermato. Per sempre.

Si accorse che c'era una taverna aperta più per l'odore di cibo che per la luce, che arrivava fioca alla strada da una feritoia sopra una pesante porta di legno. Avvertì un morso allo stomaco, e si ricordò che l'ultima volta che aveva buttato giù qualcosa, la sera prima sull'isola, il mondo era profondamente diverso. Entrò.

L'ambiente era, al solito, molto più caldo del necessario. Una decina di tavoli occupati per metà, voci alte e rumori di piatti e bicchieri. Occupò una posizione d'angolo, chiese una zuppa e mezzo litro di vino rosso. La tovaglia aveva settantaquattro quadrati sul lato corto e novantasette su quello lungo. Collocò il bicchiere, che ne occupava sei, esattamente in corrispondenza del centro geometrico della tovaglia.

Si accorse dopo quasi cinque minuti che la conversazione nel locale era andata scemando, che era diventata un mero brusio. Divenne udibile un sottofondo di musica jazz, che c'era anche prima ma non si sentiva.

Gli arrivavano occhiate sbieche, e si rese conto che era lui la causa del brusco calo delle chiacchiere ad alta voce e l'oggetto di quell'indecifrabile parlottio.

Mangiò in fretta, e uscì di nuovo all'aria aperta. Questa volta il gelo non gli diede fastidio, quantomeno lo metteva al riparo da quel buffo tuffo dentro le chiacchiere della provincia. Intravide il battistero per cui la piccola città andava famosa: allungò la mano sopra la scacchiera di mattoni in cotto, quasi volesse percepire la resistenza di un mondo completamente scomparso.

L'anonima stanza dell'alberghetto gli sembrò più accogliente di quanto avesse pensato.

XI

Pancaldi fu ovviamente puntualissimo, e alle dieci fece la sua comparsa, incastrato sul sedile posteriore dell'auto scura. Anche l'autista Filippo era al suo posto, davanti all'ingresso dell'hotel, consegnato al rigore dell'inverno, in piedi e con lo sguardo rivolto al vuoto davanti a sé. Massimo non aveva portato cravatte da lutto e giacche adatte. Aveva dovuto prepararsi in fretta, e nemmeno avrebbe saputo bene dove cercare nelle casse di indumenti trasferite dalla vecchia casa di città e dalla vecchia esistenza, ormai così difficile da ricordare. Indossò il maglione a collo alto e il giaccone che aveva il giorno precedente, e pazienza se qualcuno lo avrebbe trovato fuori contesto. Lui non ci teneva proprio, soprattutto a quel contesto.

Pancaldi gli confermò che ci sarebbe stata pochissima gente, e che anzi era rimasto sorpreso di come, fra tante conoscenze, la cerchia degli amici intimi si fosse rivelata così ristretta. Certo, ci sarebbe stata una commemorazione in azienda, e a quella commemorazione i media avrebbero dato risalto, ma il professore se la sarebbe potuta risparmiare.

A proposito, aveva avuto modo di fare un po' di zapping in albergo? Perché in pratica non si parlava d'altro, sia sulle emittenti nazionali che su quelle locali. Quella coppia così bella, felicemente in primo piano, cancellata da un colpo di spugna, quel bambino sospeso tra la vita e la morte, quello sfondo di ricchezza e di destrezza imprenditoriale erano una storia troppo gustosa: c'era tanto da sapere e tanto da raccontare.

Massimo sentì una vena di preoccupazione nella voce dell'uomo, e anche di fastidio. Pensò che era la naturale tensione legata alla gestione di una tragedia così violenta e imprevista.

Il tempo pareva indeciso. Avrebbe potuto continuare a seminare il bianco della neve, ma avrebbe potuto anche virare verso esiti più tollerabili. Per il momento il cielo era plumbeo, e una luce livida calava a smorzare ogni colore e a fare del paesaggio che passava oltre i finestrini un ingombro uniforme: perfetto per l'occasione, pensò Massimo.

Da quando aveva aperto gli occhi, dopo un sonno profondo al quale non si era aspettato di poter accedere, aveva cercato in se stesso le tracce di una disperazione che non trovava. Pensava che dipendesse sostanzialmente dal fatto che, nella sua vita ordinata, nella sua routine quotidiana, Cristina non c'era. Al di là della telefonata domenicale, al di là dello scambio piatto e banale di domande e risposte codificate, la figlia non faceva parte della sua esistenza.

Il punto però, e aveva dovuto ammetterlo mentre si radeva, cercandosi allo specchio nell'abisso dei suoi occhi, era che non faceva parte nemmeno dei suoi pensieri. Probabilmente era anche vero il contrario, cioè che per Cristina il padre non aveva un posto tra le priorità affettive: ma questo, nelle nuove generazioni, era normale. Era lui, Massimo, che avrebbe forse dovuto partecipare di più, informarsi, seguire quello che la figlia faceva, pensava, viveva. Avevano vissuto lontani, forse più lontani di quanto in realtà fossero. Lui non investigava, lei si limitava allo stretto indispensabile. Un padre poteva fare di più ma quella città, quella gente che ora lo scrutava con sospetto, curiosità e deferenza erano gli ultimi a poter pretendere una più solida coerenza.

Dopo la lunga passeggiata della sera gli erano tornate in mente certe conversazioni estive con Cristina e con il nipote: raccontavano entrambi del fiume, del grande fiume, che non attraversava la città ma correva una trentina di chilometri a nord. In primavera percorrevano gli argini in bicicletta, ed era capitato più d'una volta che Francesco sedesse accanto ai pescatori e li osservasse scrupolosamente. Andava fiero di poter portare al nonno la sua esperienza, ma il professore si seccava. Che c'entra il fiume, si diceva. La pesca è quella che si fa in mare. Non contraddiceva il nipote, ma certamente non lo ricambiava dell'entusiasmo che il ragazzino si aspettava. Ora ripensava a quelle conversazioni e gli prendeva un controverso desiderio di arrivare al fiume. Il fiume d'inverno. La massa d'acqua che fluiva lenta. Bisogna che ci vada, prima o poi, ma in realtà non sapeva collocare né il prima né il poi. Bisognava che quella permanenza durasse il meno possibile, fiume o non fiume.

Il convento dei Cappuccini era come Pancaldi l'aveva descritto, e il professore ebbe per la prima volta l'esatta percezione di come un mero incidente stradale, tragico certamente ma niente più di quello, potesse avere un esito potentissimo dal punto di vista mediatico: all'esterno del convento c'era una piccola folla di infreddoliti ma determinati giornalisti, cameramen, operatori e fonici in assetto di guerra. Faceva scudo un robusto e altrettanto determinato servizio d'ordine, una mezza dozzina di uomini alti e nerboruti con walkie-talkie e auricolari, che avevano creato un cordone impenetrabile davanti all'ingresso dell'abbazia.

Massimo non seppe spiegarsi come, ma fu riconosciuto, e la folla si aprì come il Mar Rosso all'arrivo di Mosè. Lo sguardo del professore incrociò quello di una giornalista che riuscì a spintonare via un fotografo intestardito a cercare lo scatto rubato dentro il buio dei finestrini oscurati. Quegli occhi avidi e senza espressione gli diedero un brivido. Si chiese il perché di quel famelico interesse, e rivolse uno sguardo interrogativo che Pancaldi interpretò male:

«Tranquillo, professore. Gli uomini del servizio d'ordine sono sistemati lungo tutto il perimetro, ci siamo rivolti a un'agenzia specializzata. Garantiscono che nessuno riuscirà a introdursi. Hanno anche dei dispositivi anti-drone.»

Attraverso un severo arco di pietra l'automobile entrò nel cortile antistante la chiesa, cinto da un quadrilatero di mura altissime, sulle quali resistevano macchie, rade e scure, di edera rampicante. Percorsero un viale di ghiaia, che scricchiolò, sgradevole, sotto le ruote. Massimo calcolò il numero approssimativo di pietre, secondo una media orientativa di diametro irregolare, che la superficie di ogni gomma schiacciava a ogni giro.

La porta della chiesa si apriva su un ampio sagrato. C'erano due furgoni funebri, affiancati con i portelloni aperti. In piedi, compunti, attendevano otto uomini in abito scuro.

Nella corte c'era una dozzina di auto parcheggiate. Al di là del personale delle pompe funebri all'esterno non era rimasto nessuno.

Scesero dall'auto, e Filippo, l'autista, si affrettò ad aprirgli lo sportello mentre Pancaldi fece il giro per metterglisi subito a fianco. Gli posò una mano sul braccio e si avvicinò per parlare a bassa voce:

«Professore, una parola prima di entrare, se mi permette. Come d'accordo, mi scusi se mi ripeto, abbiamo fatto in modo che sia presente soltanto una ristretta cerchia di amici di sua figlia e del dottore. Non abbiamo però potuto evitare che venisse qualcuno dell'associazione che la signora seguiva come patronessa, era il suo principale interesse; e c'è qualche rappresentante istituzionale: il sindaco, il questore, il prefetto. Come le ho detto, la nostra azienda è molto, molto importante per la città.»

Massimo annuì:

«Certo, Pancaldi, capisco. Non ho niente in contrario. Spero solo che la cerimonia non sia inutilmente lunga.»

L'ometto disse, in fretta:

«Sì, ho già parlato col priore, faremo tutto velocemente. Solo un'ultima cosa: come sa, non abbiamo ancora detto nulla alla signora Petrini. Non sta bene, è molto anziana e abbiamo pensato fosse inutile darle questo dolore. Il dottore non aveva altri parenti prossimi, per cui la sua famiglia non sarà rappresentata. Non ci sarà nemmeno Alba: non vuole muoversi dall'ospedale.»

Massimo fu sorpreso:

«Che vuol dire che non vuole muoversi? È rimasta lì anche ieri notte?»

Pancaldi si strinse nelle spalle:

«Alba viveva in casa del dottore, era diventata una specie di madre in condominio per Francesco, è stata assunta quando lui è nato. Pensi che inizialmente, al suo arrivo qui, faceva l'operaia. Hanno un legame fortissimo, lei e il bambino. Abbiamo provato a convincerla, ma non c'è stato verso. È una donna... testarda, sa quello che vuole.»

La chiesa, a una sola navata, era di piccole dimensioni: era stata restaurata di recente, un restauro conservativo che tuttavia aveva saputo dar rilievo a un'area affrescata. Si trattava di un ciclo dedicato all'ordine di cui si leggevano, con fatica, solo alcune sequenze. C'erano due file di panche, una ventina per lato. In fondo, in piedi, c'era un gruppo di poliziotti e autisti in divisa.

Massimo e Pancaldi attraversarono la navata, in fondo alla quale su due carrelli in metallo c'erano le bare, affiancate. Su entrambe cuscini di fiori, e su ognuna una foto in cornice. Cristina sorrideva solare, mentre Luca, compunto e con un'aria vagamente imbarazzata, fissava il vuoto.

Nella mente di Massimo sorse imprevisto e improvviso il ricordo del loro matrimonio, quando aveva condotto la figlia lungo la navata di un'altra chiesa. Aveva voluto sposarsi nell'isola, nonostante Luca e la sua famiglia preferissero una cosa in grande, nella loro città. Papà, voglio farlo qui, gli aveva detto. Mi sembrerà che ci sia ancora mamma. Mi piacerebbe tanto, che ci fosse mamma.

Mentre prendeva posto, Massimo desiderò che per una volta la logica gli desse tregua e gli consentisse di credere che, per qualche oscura via della fisica non ancora definita in nessuno studio sperimentale, Maddalena potesse accogliere Cristina.

E, mentre un monaco coi paramenti viola usciva dalla sacrestia nell'odore di incenso, la sua mente si aggrappò all'equazione di Dirac.

XII

La funzione fu effettivamente veloce. Massimo apprezzò la sobrietà del monaco, un uomo anziano dall'espressione assai intelligente, che nell'omelia ricordò brevemente quanto Cristina e Luca fossero assidui e presenti nell'esercizio della carità cristiana; e dedicò una preghiera accorata a Francesco, ricordando le difficoltà che il bambino stava attraversando.

Avanzò, spinta da una donna chiusa in un'ampia mantella nera, una carrozzella che qualcuno si raccomandò di tenere lontana dalle prime file. Sul sedile un reperto umano femminile, bardato d'una eleganza senza tempo, che il professore non ebbe dubbi nell'identificare come madre di Luca. Sotto un lunghissimo velo nero mormorava preghiere, o erano invece ingiurie? O semplicemente vane considerazioni? Non si intravedevano i tratti del volto ma se ne notava il pallore, sfregiato da una linea di rosso carminio sulle labbra. Restò immobile e silenziosa: solo quel mormorio appena percettibile al quale nessuno dava conto. La mano che provò a sollevare era inguantata in un velluto blu scuro e si muoveva lenta, senza forza, e forse anche senza intenzione. Fu allontanata prima della fine della funzione. Si immaginò quella donna nelle sale di un palazzo immenso. Si domandò se per caso, di tanto in tanto, non venisse visitata da un'antica consapevolezza e magari cercasse di darle forma, con un grido, con una disperata invocazione. Il professore non chiese nulla, né si lasciò raccontare altro che non fosse quello che già sapeva. Sistemato in prima fila, aveva indossato un paio di occhiali dalle lenti scure, e non ritenne di voltarsi a guardare alle sue spalle chi fosse a singhiozzare sommessamente: ma anche nei personaggi seduti al suo fianco, il sindaco con la fascia, questore e prefetto e altri notabili, leggeva quella che a lui sembrava una genuina costernazione – se non un dolore, almeno un dispiacere sincero. Manifestazioni meno teatrali di quelle alle quali, in circostanze simili, avrebbe dovuto assistere nella sua città, ma identica partecipazione emotiva.

Il monaco concluse con la benedizione delle salme passando fra le bare con il turibolo dell'incenso. Quell'odore così forte, così pervasivo fece ricordare a Massimo la morte di Maddalena e, prima della morte, l'estenuante malattia. Contò le ostensioni, tre per braccio dell'ideale croce su ognuna delle bare.

Gli uomini delle pompe funebri entrarono e portarono via i carrelli. Massimo poté voltarsi, e concentrarsi con maggiore attenzione sui presenti.

Pancaldi era stato raggiunto da una donna paffuta e di bassa statura come lui e con un'elaborata acconciatura, probabilmente la moglie. Come quasi tutti in chiesa, teneva gli occhi porcini fissi su di lui con la stessa famelica curiosità che aveva visto nella giornalista all'esterno del convento. Non lontano, dopo una serie di donne e uomini dall'espressione impenetrabile vestiti di grigio e nero, un gruppo colpì l'attenzione del professore.

Al centro della panca c'era un uomo alto e dalle spalle larghe, colorito olivastro e una cascata di capelli bianchi raccolti in una lunga coda. Indossava, a disprezzo del freddo, una giacca leggera con frange alle maniche e una camicia aperta sul collo. Non si girò al passaggio delle casse. Un muscolo gli guizzò sulla guancia.

Alla sua destra, incollata a lui, una bionda con un vestito a fiori, non proprio l'abito che ci si sarebbe aspettati a un funerale. Non distoglieva gli occhi cilestrini dal suo uomo, che si guardava bene dal restituirle tutta quella attenzione. Alla sinistra una coppia di adolescenti dai tratti orientali, che piangevano senza ritegno.

Dall'altro lato, sempre in fondo, c'era una giovane donna vestita di nero: era disperata e non faceva niente per nasconderlo. Erano suoi i singhiozzi che Massimo aveva sentito, e al passaggio della bara di Cristina allungò una mano tremante e ne accarezzò il legno. L'uomo che era al suo fianco la sostenne, evidentemente temendo che si sentisse mancare.

Tutti uscirono, e assistettero in silenzio al carico delle casse nei rispettivi furgoni. Pancaldi guadagnò la destra di Massimo, e sotto voce gli presentò quelli che si avvicinavano per le condoglianze. Tutto si svolse rapidamente, e il professore non aveva certo l'aria di dare confidenza a chicchessia.

In una breve pausa della piccola processione, chiese con lo sguardo al vicepresidente chi fossero l'uomo dai capelli lunghi, la ragazza e i due giovani. A Pancaldi sfuggì una involontaria smorfia di fastidio, e disse:

71

«Quello è Ramon Madeiro, con la sua assistente e due ragazzi della sua comunità. Rappresenta l'associazione di cui la signora era patronessa. Mi chiedo per quale motivo siano venuti vestiti così, non perdono occasione per farsi notare.»

Il gruppo non venne a stringere la mano, ma si avviò verso un colorato furgone parcheggiato nei pressi delle auto scure. Massimo vide che sul fianco giallo c'era la scritta "Dammi la mano", con il disegno di una mano scura che ne stringeva una bianca.

Fu poi la volta della donna che in chiesa singhiozzava e dell'uomo che ancora la sosteneva per il braccio. Pancaldi li indicò e, con discrezione, glieli presentò:

«Il dottor Lezzi, socio di suo genero in molte iniziative. E la signora Monica, che era la migliore amica di sua figlia.»

Massimo strinse la mano all'uomo, un ossuto cinquantenne che cercava di contenere un imbarazzo ingiustificato, e si concentrò sul volto della donna. I bei lineamenti erano contraffatti dal dolore.

«Io non lo so come vivrò senza Cristina. Non riesco proprio a immaginarlo. Stavamo sempre insieme, non so quante volte mi ha raccontato di lei, sa.»

Massimo non seppe che dire, e non si sottrasse all'abbraccio che la donna gli diede, forte e sofferto. Ancora una volta, e forse più di ogni altra, si vergognò di non provare che una fredda tristezza.

Alla spicciolata andarono via tutti, anche quelli che si erano fermati a parlottare in disparte. Gli ultimi furono il questore e il prefetto, che evidentemente avevano approfittato dell'occasione per scambiare due chiacchiere. Pancaldi approfittò a sua volta dell'occasione per raggiungerli.

Massimo restò solo sul sagrato. Nel cielo pesante si aprì

uno squarcio d'azzurro. Gli si avvicinò un uomo. Era piuttosto anziano, capelli radi e occhi acquosi, un grosso naso rosso e gocciolante su due baffi folti ingialliti dalla nicotina. Indossava un cappotto di foggia un po' antiquata. Diviso fra la speranza di azzurro e il fastidio di reggere lo sguardo di quell'uomo, Massimo cercò conforto dietro le lenti scure degli occhiali. Infine, a bassa voce, l'ignoto osservatore chiese:

«Lei è il professore De Gaudio, il padre della signora, è vero?»

L'accento della sua stessa città sembrò così incongruo rispetto al luogo che Massimo quasi sorrise.

«Sì, sono io. E lei chi è?»

L'uomo lanciò un'occhiata in direzione di Pancaldi, del questore e del prefetto – al gruppetto si era aggiunto il sindaco.

«Mi chiamo Caruso. Vicecommissario Caruso. Sono venuto ad accompagnare il questore. Le dovrei parlare, ma non qui. Se vuole, naturalmente.»

Massimo fece cenno di sì, senza commentare. L'altro fece un cenno in risposta e disse:

«Mi faccio vivo io. Condoglianze, professo'.»

E si avviò verso il parcheggio.

XIII

A cerimonia conclusa, Massimo chiese a Pancaldi di accompagnarlo in ospedale.

Lo chiese per diversi motivi. Anzitutto, era consapevole che tutti si attendessero una sua visita. Un nonno si preoccupa per un nipote, vuole vedere coi propri occhi, parlare coi medici. Il secondo motivo era il disagio che gli creava la presenza costante di quella donna, Alba: era una specie di muto rimprovero, come se gli dicesse ecco, così dovrebbe fare uno che vuole davvero bene a qualcuno, certo non andarsene a dormire in hotel o addirittura desiderare, in maniera nemmeno tanto celata, di tornare in fretta sull'isola, come se non fosse successo niente.

Aveva pensato a quel contrasto violento con Alba, anzi, a dirla chiaramente, all'aggressione di lei quando aveva avuto il dubbio se fosse o meno giusto lottare per tenere in vita Francesco, nelle condizioni in cui era. Perché così tanta irrazionalità? Si voleva meno bene al bambino se si desiderava che non soffrisse le pene dell'inferno per poi restare, magari per anni, gravemente menomato? Lo si amava di meno se non si voleva per lui una vita intera di solitudine e di dolore?

Si preparò mentalmente a un ulteriore confronto. Alle parole che avrebbe usato per spiegare le sue ragioni. Per qualche motivo, lo irritava il fatto che lei pensasse che non voleva bene al nipote: ognuno ha il suo modo, avrebbe detto. Non sono le urla e le lacrime l'unica maniera. Potrebbe essere più opportuno, avrebbe detto, mantenere la calma e analizzare la situazione con lucidità. Pancaldi si offrì di accompagnarlo in corsia, ma lui rifiutò con fermezza. La compagnia di quell'uomo gli sembrava più frutto di un calcolo che di una spontanea attenzione, e la finzione gli dava fastidio. Meglio da solo. Il vicepresidente, visibilmente sollevato, lo lasciò davanti all'ingresso dell'ospedale e gli confermò che avrebbe provveduto a tutte le incombenze che restavano per quello che riguardava la figlia e il genero. Massimo immaginò che si riferisse alla burocrazia e alle inumazioni, ma preferì non approfondire.

In ospedale gli venne incontro una donna sottile, coi capelli bianchi e il naso adunco, che si presentò come Michela Santi, direttrice del nosocomio. Si scusò per non essersi fatta vedere il giorno prima, spiegando che si trovava a Milano per un congresso; gli confermò che erano tutti a sua disposizione, che l'ospedale aveva motivi di profonda gratitudine verso la famiglia di suo genero, che le facesse sapere di ogni necessità eccetera.

Massimo non fece fatica a misurare la rilevanza del cognome che portava Francesco; e si rese conto che, in tanti anni, non aveva mai considerato nella giusta prospettiva il potere che Luca rappresentava come imprenditore. Sapeva che il lavoro lo assorbiva molto, e a volte qualche riferimento evasivo di Cristina alla sua assenza gli faceva intendere il raggio di azione del marito. Ma la curiosità un po' morbosa che percepiva nelle persone che lo osservavano da lontano, il servilismo di tutti e l'atteggiamento di Pancaldi, imperioso con gli altri e ossequioso con lui, erano davvero sorprendenti.

La Santi lo accompagnò alla porta del reparto di terapia intensiva, dove si trovava Francesco. Lì prese il cellulare e mormorò qualche frase, poi gli disse:

«Professore, il dottor Cantelmo, che lei ha già incontrato, vorrebbe riceverla nel suo ufficio per aggiornarla sulle condizioni di suo nipote. Devo anche informarla che non c'è stato modo di ottenere che la signora Munteanu, la governante di Francesco, si allontanasse. Allora, contro le procedure ma in considerazione della situazione, le abbiamo consentito di restare col bambino.»

Massimo assentì di malavoglia. Avrebbe preferito evitare spiegazioni e chiarimenti, magari espressi nell'esclusiva finalità di manifestare ulteriore servilismo e rispetto. A lui interessava capire come risolvere quella situazione, dalla quale non aveva idea di come uscire.

La direttrice lo condusse in un ufficio all'interno del reparto di neurochirurgia, sullo stesso piano della terapia intensiva. Cantelmo, in piena coerenza con l'impressione che aveva già dato di uomo diretto e non particolarmente comunicativo, nonché ben dotato sul fronte dell'autostima, non si alzò dalla scrivania.

Sollevò lo sguardo da alcuni documenti che aveva davanti e fece un distratto cenno di prendere posto sulle due sedie di fronte a sé. Terminò la lettura in corso, e infine li considerò degni della sua attenzione. La Santi tossicchiò ed esordì:

«Come le dicevo, professore, ha già incontrato il dottor Cantelmo. Non devo certo ribadire la piena fiducia che il nostro ospedale ripone in lui, una delle figure di maggiore importanza di...»

Il chirurgo l'interruppe, brusco:

«Michela, grazie. Credo che al professore interessi del nipote, di quello che è successo e soprattutto delle prospettive. È così, vero?»

Massimo non aveva mai nascosto a se stesso una decisa predilezione per le persone che evitavano manierosi preamboli. Cantelmo non era simpatico, e nemmeno desiderava risultare tale, ma almeno non perdeva tempo.

«Esatto, dottore. Soprattutto le prospettive.»

Il medico si aprì a un mezzo sorriso di sollievo. Aveva riconosciuto un suo simile.

«Allora, ieri le ho solo accennato, perché avevo bisogno di un'indicazione alla quale attenermi. Adesso ragioniamo a bocce più ferme, non del tutto naturalmente, ma un po' sì. Gli effetti dell'impatto sul paziente sono stati un trauma cranico commotivo e una serie di traumi su altri distretti. Il problema maggiore è la frattura della teca cranica e un'emorragia subdurale, con un conseguente ematoma di vaste dimensioni. L'effetto massa ha provocato lo spianamento dei solchi cerebrali e lo *shift* delle strutture mediane.»

La Santi si agitò sulla sedia:

«Ottavio, forse il professore non...»

L'uomo continuò, senza degnarla di attenzione:

«Quando siamo intervenuti, il paziente aveva un livello di coscienza estremamente deteriorato, un Glasgow quattro per intenderci, che segnalava l'evoluzione della sofferenza cerebrale.»

La Santi spiegò:

«È una scala che segnala il livello di coma, professore. Quattro è subito prima del coma profondo.»

Cantelmo intervenne, brusco:

«Esatto. Quindi abbiamo effettuato una craniotomia decompressiva ad ampio lembo per la rimozione dei coaguli. Le dico subito, professore, che la mortalità per l'ematoma subdurale acuto è elevatissima.»

A Massimo non bastava una definizione così approssimativa.

«Che vuol dire elevatissima?»

«Oltre il cinquanta per cento. Ben oltre, direi.»

La Santi interpretò il silenzio del professore, che cercava di immaginare quanti casi costituissero la base statistica, come una sopraffazione di emozioni:

«Le statistiche, però, lasciano il tempo che trovano in questi casi. Ogni paziente fa storia a sé, vero, Ottavio?»

Cantelmo, evidentemente a malincuore, fece segno di sì:

«Bisogna vedere che recupero osserveremo al termine della sedazione, che in questa fase è necessaria. Per ora è già tanto, veramente tanto, che abbia superato l'intervento.»

Massimo rifletté. Poi chiese:

«Questa sedazione, dottore. Quanto tempo... dovrà durare per molto, insomma? E che intende per recupero?»

Cantelmo scambiò un'occhiata con la Santi, che diede un cenno di consenso quasi impercettibile.

«Non posso quantificare i tempi, professore. Dipende anche dal decorso delle altre patologie traumatiche, ieri lo stavamo perdendo per i polmoni, non per il cranio, ad esempio. Per recupero, intendo la possibilità di tornare a un livello accettabile della vita di relazione. Dobbiamo sperare che non subentrino complicazioni infettive, e si deve capire che capacità ha il cervello di riparare se stesso. Il monitoraggio elettroencefalografico ci guiderà.»

Massimo provò a rimodularsi su queste notizie. Qualcosa nella sua espressione assorta dovette dare al medico l'impressione di una certa fatica a comprendere, perché, in tono meno asettico, aggiunse:

«Non staremo solo a guardare, professore. Quello che si potrà fare, faremo. E molto potrete fare anche voi, lei e la signora che gli sta vicino adesso.»

Massimo sbatté le palpebre:

«Noi? Che possiamo fare noi, dottore?»

Gli rispose la direttrice:

«Parlargli. È dimostrato che la voce di persone care, molto amate, può stimolare reazioni cerebrali di cui in questo momento abbiamo molto bisogno. Lei e la signora siete gli unici rimasti a Francesco. Dovete parlargli. Noi ve lo consentiremo, per il tempo che vorrete. E adesso, se permette, l'accompagno da lui.»

XIV

Io sono Petrini Francesco di anni nove, signor pescatore. Detto Checco.

Quel gioco, al contempo buffo e tenero, quella battuta con cui il nipote fingeva di non riconoscerlo e allora si presentava sciorinando le sue generalità, emerse vivido dalla memoria di Massimo quando entrò nella stanza.

Mentre lo bardavano con un camice, una cuffietta e dei copriscarpe azzurri, di un tessuto che pareva di avere i piedi incartati, la Santi gli spiegava a voce bassa che il reparto di terapia intensiva dell'ospedale aveva sei posti, più uno, singolo e separato dagli altri, dedicato a pazienti potenzialmente infettivi; che, in considerazione della situazione e per consentire alla governante e a lui di stare col bambino quando volevano, eccezionalmente era stato disposto che Francesco fosse appunto ricoverato nella stanzetta; che questo non avrebbe in alcun modo comportato un deficit di attenzione da parte del personale medico e paramedico, anzi, lei, in qualità di direttrice, garantiva una cura di elevato profilo, la migliore che la struttura potesse fornire; che quindi l'angustia della sistemazione non doveva in alcun modo essere interpretata come un ripiego, ma al contrario come un segno di attenzione; che certo, al di là di una sedia piuttosto scomoda altro non potevano fornire, sicuramente in futuro, se Francesco fosse migliorato tanto da consentire lo spostamento in un altro reparto, avrebbero fatto molto di più, dato che c'erano delle stanze riservate ai privati all'ultimo piano dove eccetera eccetera.

La direttrice parlava e Massimo ascoltava porgendo solo la superficie dell'attenzione: c'era qualcosa di meccanico in tutta quella serie di comunicazioni, e la voce della Santi affiorava e si inabissava offrendo al professore anfratti di pensiero autonomo. Questi rifletteva, per esempio, sul fatto che quella condizione avrebbe potuto durare indefinitamente, e che – a quanto ne sapeva, a quanto ne aveva letto e a quanto si poteva desumere da quello che gli era stato detto – probabilmente Petrini Francesco di anni nove, detto Checco, sarebbe rimasto un vegetale tenuto in vita da un respiratore, se vita poteva chiamarsi quella. Che in ogni caso, anche se a seguito di chissà quale miracolo si fosse svegliato, avrebbe per prima cosa chiesto dove fossero la madre e il padre, e chi si trovava vicino a lui in quel momento avrebbe dovuto dargli una risposta. E quel qualcuno non voleva di certo essere lui.

E poi c'era un'altra cosa. Nell'andare e venire della voce assertiva della sua interlocutrice, ebbe modo di mettere a fuoco un dettaglio tutt'altro che secondario, che ora si imponeva e con cui doveva fare i conti: lui odiava gli ospedali.

Non aveva attitudine al contatto con la sofferenza, e

riteneva addirittura perverso scegliere una professione così profondamente legata alla frequentazione del dolore. Medici, infermieri; ma anche volontari, badanti, assistenti, preti. In tutti quelli che sceglievano di stare vicini allo strazio c'era qualcosa di oscuro. Come non pensare, in mezzo a tutto quel male, che anche la loro anima fosse malata? Si guardava intorno e una volta di più sentiva gli ospedali come luoghi sinistri, lazzaretti, templi del male: chiunque lì dentro soffriva, pazienti, parenti, amici, e in mezzo a quel dolore si muovevano figure dalle quali dipendeva, a ogni ora del giorno e della notte, il governo dell'angoscia, l'impegno a identificarne le vie, seguirne i percorsi. Una follia, insomma.

L'angoscia. Sì. Nessuno lì dentro avrebbe usato quella parola: sembravano tutti così compresi nel loro daffare che il gesto vinceva sul paesaggio in cui si muovevano, avevano addirittura l'ardire di scambiarsi battute, la costanza di stare ad ascoltare, la grazia di confortare. C'era qualcosa che non andava, si ripeteva: tutti ad "assolvere incombenze", come avrebbe detto Pancaldi, solo che in questo caso la cupezza della burocrazia era vinta dalla destrezza.

Eccolo, il professore, con una ridicola cuffietta in testa e una direttrice che salmodiava e celebrava il legame di dipendenza dell'istituzione ospedaliera dalla posizione economica della famiglia di suo genero. Eccolo lì pronto a sedere al capezzale di un bambino senza futuro, con la prospettiva di stare a guardarne il progressivo, irrevocabile abbandono dell'esistenza. Pensava che fosse una condizione assurda, peggio che inutile, con cui la logica della sua mente matematica faceva a pugni.

A quel punto del ragionamento – se mai quello poteva

chiamarsi ragionamento – subentrava il ricordo di ciò che la donna moldava gli aveva vomitato addosso, quando per l'appunto, seguendo la logica, lui stava per suggerire al dottore di risparmiare al nipote tonnellate di inconsapevole e soprattutto inutile dolore. E gli sovveniva la mancanza di coraggio che lo aveva portato a una precipitosa marcia indietro.

La Santi lo accompagnò davanti a una porta che recava la scritta "Terapia Intensiva – Isolamento" e si fermò.

«Troverà la signora Alba, ho fatto portare un'altra sedia ma non possono stare due persone all'interno contemporaneamente, per cui la prego, professore, cerchi di limitare il tempo in cui vi ritrovate insieme nella stanza. Non mi metta in difficoltà, insomma. E con l'occasione, per favore, convinca la signora che qui il bambino è più che adeguatamente assistito. I medici del reparto si sentono messi in discussione.»

Massimo entrò e la porta gli si chiuse alle spalle.

L'ambiente non era molto grande, anche se un po' più ampio di quanto si fosse aspettato dalla descrizione della direttrice. Una stanza di quattro metri per cinque, resa più angusta dalla presenza dei macchinari sistemati attorno al letto, monitor, cavi, aste con flebo che erogavano liquidi, carrelli con cassetti di diverso colore, ulteriori strumenti dalle misteriose funzioni.

Gli occhi scivolarono sulla figura che occupava il letto.

Un cranio integralmente fasciato, la parte superiore del corpo lievemente sollevata, una maschera sul volto dalla quale partiva un cavo trasparente. Una fasciatura tra torace e braccio destro, un ago nell'incavo del gomito sinistro, una coperta leggera. I piedi a metà del letto. Dio, com'è piccolo, pensò Massimo. Com'è piccolo.

Petrini Francesco di anni nove, signor pescatore. Detto Checco.

Con quello strano accento così lontano dal mare. Chi è lei, signore?

Di anni nove. Solo nove. Com'è piccolo.

Si accorse di Alba, al di là dei macchinari e del letto; indossava lo stesso camice e la sua stessa cuffietta, ma a lei, chissà per quale misterioso motivo, stavano bene e non sembrava ridicola, come si sentiva invece lui. Un cicalino scandiva la respirazione del bambino, sottolineando ogni ciclo come fosse una conquista.

Gli sorrise, incerta. Portava sul volto i segni di un'indicibile stanchezza, ma sembrava molto presente a se stessa.

Massimo chiese, piano:

«Come va?»

Nemmeno sapeva se si riferiva al bambino, a lei, a entrambi o alla situazione. Ad Alba invece non sfuggivano le priorità.

«È venuta una dottoressa, mi sono fatta spiegare ma non mi dicono molto, non so se perché non vogliono parlare con me o se non hanno ben chiaro come stanno le cose. Checco, lui... respira, i numeri sul monitor sono giusti, credo, almeno così ha detto la dottoressa, ma io non sono sicura che... Insomma, sta lì, fermo, lui quando dorme si muove, si muove sempre, si gira e si rigira, invece adesso sembra... sembra...»

Lui disse, in fretta:

«E invece non lo è, come dimostra il monitor e come dice questo suono. Non è così?»

Lei annuì, e parve perfino rincuorata.

«Senta, professore, io... Mi dispiace per ieri, ho avuto

una reazione scomposta, esagerata, ma ho avuto paura. Io non mi fido di questi qui, almeno non del tutto. Ho pensato che sarebbe bastata una parola, e loro avrebbero agito subito di conseguenza, come si trattasse, me lo lasci dire, di una condanna...»

Massimo distolse a fatica lo sguardo dal volto tumefatto di Checco. Era come ipnotizzato dall'immobilità e dalla fissità dell'espressione, dal rilievo delle cosce sotto la coperta, dai piedi allineati, uno un po' più sporgente per il tutore che proteggeva la frattura della gamba. Gli veniva quasi automatico pensare che il bambino era serio e compunto più che incosciente: come se fosse al cospetto di una questione della massima importanza, e non potesse distrarsi.

E, in fondo, era proprio così.

«No, no. Hai fatto bene, non avevo tutti gli elementi. Sono stato affrettato e superficiale. Era un momento diverso da ogni altro.»

La donna assunse un'espressione amara, e rivolse uno sguardo al volto del bambino.

«E chi lo ha mai vissuto, un momento così? Chi mai pensava di viverlo? Lei sì?»

Restarono per un lungo momento immobili, fronteggiandosi dai lati opposti del letto, in quella ridicola divisa che in fondo li collocava dalla stessa parte, erano entrambi schierati come soldati in guerra contro la morte.

Poi Massimo disse:

«Dobbiamo darci del tu, io mi chiamo Massimo. Vorrei che mi spiegassi perché non ti fidi dei medici di questo ospedale, e che mi raccontassi qualcosa in più di mio nipote. Perché avevi ragione, sai, quando mi dicevi che non ne so niente.»

Il cicalino suonò due volte, Alba sorrise stanca e si sedette.

Anche Massimo prese posto sulla sua sedia.

XV

Massimo non avrebbe saputo ricordare l'ultima volta in cui si era trovato a parlare con una persona sconosciuta per più delle quattro battute che servivano, per esempio, a comprare qualcosa nell'emporio di Solchiaro; e anche in quelle circostanze si limitava al minimo, cercando di scoraggiare la curiosità appiccicosa della grassa signora al banco.

Era perciò particolarmente surreale quella situazione, in cui si trovava a estorcere informazioni a una donna di un altro paese, al di sopra del letto in cui suo nipote giaceva lottando contro la morte. Una conversazione scandita da un cicalino che sembrava il verso di un usignolo meccanico, in un ambiente riscaldato artificialmente, vestito come la sua compagna con lo stesso ridicolo camice di carta azzurrina.

Alba sembrava al limite: aveva profuso tante delle sue energie e sapeva che altrettante, forse molte di più, avrebbe dovuto investirne.

«Non dormo da quando è squillato il telefono, e il sonno mi spaventa: non riuscirei ad abbandonarmi nemmeno se volessi. Ho paura di svegliarmi e non ricordare quello che è successo, e poi rendermene conto all'improvviso provando lo stesso terrore. Preferisco stare sveglia e non muovermi da qui.»

Il professore rispose:

«Capisco, è logico. Ma è ancora più logico che tu risponda al bisogno di riposare, dato che rischi, se non lo fai, di perdere lucidità ed energia. Adesso ti darò il cambio io, poi se vuoi torni. Ma spiegami per quale motivo non hai fiducia nei medici di quest'ospedale. Non sono bravi? Forse qualche importante intervento non è andato a buon fine?»

La donna scosse il capo:

«No, no. Non è questo. È che... la famiglia di Checco, quella di tua figlia e di suo marito... Nessuno, quando si tratta di loro, si comporta normalmente. E non vorrei che, per compiacerti, facciano quello che non devono fare.»

Massimo corrugò la fronte:

«Scusa, non capisco. Per compiacere me? E perché? È la prima volta che li vedo, prima o poi me ne andrò a casa mia. Perché dovrebbero compiacermi?»

Alba si esibì in una inaspettata risatina sardonica.

«La logica a cui ti aggrappi – cosa credi, me ne sono accorta – non ti sostiene in questo caso. Vedo che non hai ancora capito. Non ti rendi conto. E allora te lo spiego io. La famiglia Petrini dà da mangiare a tutti, in questa città. O lavorano per loro direttamente, dipendenti, operai, gente come me, o indirettamente, come i medici e gli amministratori di questo ospedale. Senza la famiglia Petrini, questa città si dissolve come neve al sole. Mi spiego?»

Il professore fece cenno di no:

«So cosa vuoi dire quando parli di una famiglia importante che ha in mano le sorti di una città intera. Eppure continuo a non capire che cosa c'entro io. Non faccio parte della famiglia di mio genero. Sono solo...»

«Sei solo il nonno di Francesco, che è ancora vivo e che, a parte la vecchia madre del dottor Luca che ha l'Alzheimer e non capisce più niente, è l'unico erede di tutto. E tu, il nonno, sarai logicamente» Alba sottolineò quel logicamente come fosse un segnale d'intesa «il tutore di Checco. Quindi, sempre secondo logica, sarai tu a dover gestire tutto. E adesso? Ti ci raccapezzi?»

A Massimo venne quasi da ridere:

«Ma scherzi? Io? Io non solo non c'entro, ma nemmeno mi sogno lontanamente di entrarci. Non capisco niente di finanza o di affari, non mi interesso di industria. Non sarei capace, e neanche ho l'ambizione di...»

La donna si sporse sul letto del bambino. Il cicalino suonò come si trattasse di un gong discreto, elegante fra una battuta e l'altra.

«Non dipende da quello che vuoi» fece lei. «È la conclusione logica delle cose. Non vedi come si comporta quel serpente di Pancaldi? Io lo conosco da anni, e ti posso garantire che fa così solo quando gli conviene, anzi quando è necessario. Dovresti vedere com'è con i sottoposti, sempre duro e violento. Con te si comporta con la stessa intelligenza sociale che usava con il dottor Luca.»

Incongruamente, Massimo chiese:

«Senti, ma come mai parli così bene l'italiano? Non ho mai sentito una...»

Lei finì per lui, con un mezzo sorriso:

«Una straniera, dillo pure. Sono portata per le lingue, ho una laurea presa nel mio paese e, contrariamente a quello che pensate qui, le lauree sono difficili da prendere anche là. Conosco il russo, l'italiano, l'inglese, il francese e lo spagnolo. Per questo tua figlia mi aveva affidato Checco.»

Massimo sbatté le palpebre, confuso:

«Non me ne aveva mai parlato. Nemmeno il bambino ti aveva mai nominata.»

Alba continuò a sorridere, scuotendo lievemente il capo. Il cicalino suonò due volte.

«Quando sono arrivata, potevo scegliere. O andare in strada, cercando il modo di diventare una escort di alto bordo come succede alle più fortunate, o fare un altro lavoro, e per meno soldi. Gli uomini che pagano per le donne mi fanno schifo, quindi sono venuta qui dove mi avevano detto che cercavano operai.»

«E come sei stata assunta, poi? Intendo, quando hai cominciato a lavorare per mia figlia?»

La donna rispose:

«Quando era incinta, la signora Cristina venne in fabbrica con il marito. Mi chiese cosa facessi, e io le risposi in inglese. Non so perché lo feci, penso per orgoglio. Volevo dimostrare che non sono un'ignorante, anche se imballavo la pasta. Allora lei mi fece una domanda in inglese, e io le risposi in francese. Si mise a ridere, e disse al marito: la voglio a casa. Lui non le diceva mai di no, e così cominciai.»

Massimo scuoteva il capo, sorpreso:

«Incredibile, non lo sapevo. Io non lo sapevo.»

Fissando il volto del bambino, Alba disse piano:

«Sono molte, le cose che non sai. Moltissime. E poi scusa, perché avrebbe dovuto parlartene? Non mi pare che tu ti interessassi granché della vita di tua figlia.»

Il professore aprì la bocca per ribattere, ma per natura sapeva accettare la realtà, per quanto scomoda. «Hai ragione, è vero. Non vedo per quale motivo avrebbe dovuto dirmelo. Non le chiedevo mai niente, a parte un generico: come va?»

«Appunto. E alla lunga, lei si era organizzata immaginandoti come una presenza distante, fuori dalla vita quotidiana. Ma non ce l'aveva con te per questo, sai. Diceva: mio padre è così. Ma lo diceva con un sorriso.»

Massimo era perplesso:

«Ti faceva confidenze? Parlava con te, quindi?»

Lei spostò lo sguardo su di lui, ed era uno sguardo freddo:

«Ah. Giusto. Lei era la signora e io la domestica, perché avrebbe dovuto cercare la mia confidenza? È questo che intendi? Che prima di tutto vedono le distanze? Ti sbagli. La signora Cristina era un'amica. Parlavamo di tutto, ridevamo e piangevamo insieme. Per dieci anni, condividendo l'amore per Checco. In fondo, eravamo entrambe straniere.»

Il professore la guardò con maggiore intensità, la cercava al di là della cuffia, della mascherina, al di là del costume al quale erano entrambi condannati. «In che senso? Non capisco.»

Alba posò ancora gli occhi sul volto del bambino:

«Questa città è piccola e fredda. Si conoscono tutti, non accettano volentieri chi viene da fuori. Certo, con la signora Cristina dovevano sorridere per forza: era la moglie del padrone della città, e senza i Petrini sarebbero rimasti tutti i contadini ignoranti che erano. Ma credimi, la povera signora era straniera quanto me.»

Massimo fu attraversato da una scarica di pensieri.

Quell'essere "straniera" della figlia l'aveva colpito, e, con un senso di ingiusto fastidio, considerava l'alleanza che si era creata fra Alba e Cristina. Alleanza? Due donne. I silenzi di una dimora che si immaginava grande, fredda, elegante. E dentro quei silenzi le loro voci. E fuori? Che cosa c'era fuori di lì?

Gli venne in mente il poliziotto che l'aveva avvicinato al funerale. Poi continuò:

«Vuoi dire che mia figlia aveva dei nemici? Qualcuno che ce l'aveva con lei?»

Alba si strinse nelle spalle:

«No, nemici no. Era dolce, solare, non credo di doverti descrivere tua figlia. Era gentile. Invidia sì, certamente, ma nessuno poteva volerle male.»

Massimo contemplò il volto della donna, anzi lo studiò, ma più lo osservava più si rendeva conto che era arrivata al limite: stava per crollare. Ebbe un moto di partecipazione che neppure la sua logica poteva contrastare, anzi semmai era la logica che lo dispose infine ad assisterla, ad assumere un ruolo che mai si sarebbe aspettato di ricoprire.

«Devi riposare» disse all'improvviso. «Vai a dormire, poi torni. Ti do il cambio io.»

Non ammetteva alternativa. C'era una sfumatura di tenerezza nella sua imperatività. Lei scosse il capo. Gli sembrò spaventata, ma non dalla sua severità.

«No, no, preferisco stare qui. Voglio stare vicino a Checco.»

Il professore intuì una fortissima diffidenza.

«Non ha senso. Cadrai addormentata, a un certo punto. E poi siamo in un reparto di terapia intensiva, il bambino è monitorato, ci sono medici e infermieri che ne capiscono molto più di noi due messi insieme. Perché vuoi restare?»

Alba sembrò combattuta sul rispondergli o meno. Si guardavano da adulti, come fossero un ponte sopra il corpo del bambino. Erano una strada aperta sull'incertezza. Sull'ampia finestra della piccola stanza, buio e nebbia premevano forte contro i vetri. Si resero conto di quanta distanza avevano consumato in quella conversazione. La tentazione di sentirsi fantasmi era bandita da quella strana intesa per cui ora Massimo si augurava che Alba, capendo, prendesse la decisione giusta. Lei lo fissò con gli occhi rossi della stanchezza e disse:

«Non capisci. Se Checco muore, tu non sarai il tutore di nessuno e Pancaldi e i suoi avranno via libera. Non ci sono eredi, se non la madre di tuo genero che, ti ripeto, non capisce niente. Sarà tutto in mano loro. A me dei soldi non importa, ma del bambino sì. E se muore, ci guadagnano quelli che pagano quest'ospedale. Capisci, adesso?»

Massimo annuì, ma solo quando arrivò al nocciolo di una convinzione che in qualche modo obbediva alla sua vena razionale:

«D'accordo. Ti prometto che non uscirò di qui neanche un attimo, ma sono sicuro che nessuno gli farebbe del male. Sono medici, e in fondo avrebbero potuto lasciarlo morire ieri durante l'intervento, nessuno avrebbe potuto contestargli niente.»

Ma certo, avrebbero potuto semplicemente lasciarlo morire quando aveva avuto la crisi. E invece, anche se in quelle condizioni, il bambino era lì.

Guadagnò la posizione eretta e raccolse borsa, foulard, cappotto.

«Vado a riposare qualche ora, hai ragione, se resto finisco per cedere al sonno e non sarei di nessun aiuto. Tu però devi promettermi che non lo lascerai solo, e che baderai bene a chi gli si avvicina. Magari il dottore che l'ha operato non è corruttibile, ma non abbiamo idea di cosa abbiano in testa i sanitari e il personale di servizio che hanno accesso alla stanza. Ci vuol niente a disattivare una di queste macchine. Me lo prometti?»

Massimo non trascurò il sospetto che in Alba ci fosse una componente paranoica. Ma fece cenno di sì:

«Va bene, te lo prometto. Vai a riposare. Io ti aspetto.»

Lei uscì dalla stanza, e lo lasciò a fissare il volto serio del nipote e a seguire il corso di nuovi pensieri.

XVI

Ciao, signore.
Mi hanno detto che devo parlarti, e io ci provo. Credo di essere la persona meno adatta, perché normalmente io non parlo mai; non perché io stia sempre da solo, un sacco di gente sta da sola e parla, fosse anche per sentire un suono qualsiasi. Io no. Io sento la musica.
Sto intere giornate senza parlare, sai, signore. A volte nemmeno ci faccio caso, seguo i miei pensieri, ripercorro teorie, faccio calcoli, cose che possono sembrare strane, ma che per me sono una specie di casa solo mia. Ho sempre fatto così, anche quando c'era tua nonna. Mi fissava sorridendo, e poi mi diceva: vorrei sapere a che stai pensando, mi rispondo da sola, stai pensando alla matematica. E aveva ragione. Tua nonna aveva ragione troppo spesso.
Non l'hai mai conosciuta, è un peccato. Ti sarebbe piaciuta molto più di me. Lei preparava biscotti, raccontava storie, rideva. Con me invece sei stato poco fortunato.
Provo a ricordare quante volte ti ho preso in braccio, e ne ricordo due: una subito dopo la tua nascita, me ne sta-

vo in piedi in fondo alla stanza, proprio in questa città, era primavera e sembrava tutto un altro posto. Un'altra, l'estate successiva nella casa sull'isola, tua madre all'improvviso disse tieni, papà, tolgo il latte dal fuoco, tu piangevi disperato, avevi fame credo. Non ne ricordo altre. Un nonno dovrebbe ricordarsene di più, no? Forse è successo altre volte e l'ho dimenticato, chi lo sa. Può essere. Magari ci sono tanti me stesso che ti tengono in braccio e ogni volta tu sei un pochino più grande. Forse sì, forse ci sono questi me stesso nel profondo della mia coscienza, ma sai, succede che la mia memoria separi, decide lei cosa devo ricordare e cosa no. E tu ci sei così poco. Le mie braccia hanno scarsa esperienza di te.

Mi sento un po' stupido a parlare qui dentro. C'è questo fischio automatico, tre toni, l'infermiere che passa ogni mezz'ora mi ha detto che significa che la respirazione è regolare. Non mi ha chiesto di avvisare se qualcosa cambia, passano loro, pare che il sistema possa essere controllato anche a distanza. Quindi io continuo, pure se mi sembra di parlare a cavi e fili, a sgocciolii e grafici con numeri, verde bianco rosso giallo ancora verde, frequenza cardiaca, saturazione dell'ossigeno, temperatura, pressione sanguigna e, appunto, respirazione. Ti misurano, insomma. È una cosa fondamentale, la misurazione. In tutto.

Magari un'altra volta te lo spiego. Adesso l'importante è che capiamo che cosa si deve fare.

Perché davvero la situazione è strana, signore. Tu qui, ridotto in questa maniera che sembri un manichino, che non hai niente del bambino che credevo di conoscere. E se riaprissi gli occhi, e io ti potessi riconoscere, dovrei dirti quello che è successo, dovrei dirti che tutto è cambiato e niente sarà più come prima. E nemmeno è facile leggere quello che accade attorno a te, fuori da questa stanza, perché io credevo di potermene tornare a casa, sai, non perché io non voglia aiutarti, ma proprio non so come fare. Alba dice che bisogna stare con gli occhi bene aperti. Dice che non si fida. E mi spiega perfino le ragioni, che, secondo me, sfiorano la follia. Ma ti pare che in un ospedale ci possa essere chi abbia interesse a che un paziente muoia? Non ci credo. Alba. Che ne dici, signore? In fondo ci piace, Alba. È una donna intelligente, e tua madre si fidava di lei. Tua madre era una ragazza che stava sulle sue. Tanto equilibrata, riservata, si muoveva con circospezione dentro il suo mondo, questo me lo ricordo bene. Assomigliava più a me che a tua nonna. Quindi credo che se si fidava di Alba mi potrei fidare anch'io. E se mi fido, allora non posso escludere nulla di quello che dice. Se mi fido significa che c'è qualcosa di cui preoccuparsi. Per i soldi la gente fa cose assurde; non hai idea di che cosa fa la gente per il danaro. Soldi o danaro? Che parola ti piace di più? Nessuna, eh? Se potessi davvero raggiungerti con una parola, se lo potessi fare. Lasciamo perdere. Io comunque continuo a pensare che in questa stanza tu sia protetto.

L'altra questione è quanto possa durare.

Il dottore è stato chiaro, dicendo che non si può sapere. Che la cosa può prendere qualsiasi piega. E quindi io che dovrei fare? Restare qui a parlarti senza che tu mi possa ascoltare, senza nemmeno sapere cosa augurarmi, che ti svegli o no? Io non mi sento a mio agio, qui. E non credo affatto di poter essere utile, né qui con te, né tantomeno a farti da tutore. Ti piace questa parola, signore? Tutore? Stiamo imparando parole che non ci piacciono. E in ogni caso no, non sarei utile neanche in questa veste. Non ho mai saputo nemmeno fare i miei interessi, figuriamoci quelli degli altri.

Certo c'è Pancaldi, il vicepresidente. Non mi piace, ma ha l'aria efficiente. Magari lui ci sa fare, magari può gestirla lui la faccenda. Avrà altri professionisti, che so, un consiglio di amministrazione, gente esperta, in fondo gli interessi saranno gli stessi, portare avanti le cose così come stanno. Che valore aggiunto potrei rappresentare, io? E poi tu sei in queste condizioni, una volta assicuratomi che ti tengono in osservazione con la massima attenzione, che i medici che ti seguono sono bravi, non basterà Alba a starti vicino?

Perché quanto ad amore, mi sembra che lei ne abbia tanto da dare, e da dare proprio a te. Sta con te da quando sei nato, no? Ti conosce molto meglio di me, sa quello di cui hai bisogno molto più di me. Basta garantirle il suo stipendio, anzi basta farle avere una somma che sia pari al tempo e alla dedizione, basta tener conto delle circostanze, e la cosa si risolve.

Così io posso tornarmene sull'isola, ti pare?

Continuo a farti domande, e tu non rispondi. Cretino che sono: tu non puoi rispondermi. E mi sto perfino abituando alla mia voce, che cosa strana. Col contrappunto del fischietto in tre toni, è tutto ancora più folle.

C'è anche la questione di quel poliziotto che mi ha avvicinato al funerale, quello con i baffi: il vicecommissario Caruso. Che può volere da me? E anche Pancaldi, con il suo fare untuoso: che vuole da me? E già che ci siamo, anche Alba, così presente ma anche così impettita, la vedi?, con quell'aria di riprovazione, che vuole da me?

È vero, mi sono interessato poco. È vero, avrei dovuto fare qualche domanda, avrei dovuto chiedere a tua madre come stava, se aveva bisogno di qualcosa, se le serviva che io venissi qualche volta qui da voi. Ma ho sempre pensato che se fosse stato necessario me l'avrebbe chiesto. Ho sempre pensato che tra adulti ci si parla. Che non era una ragazzina, e io le domandavo va tutto bene? E lei mi diceva che sì, andava tutto bene, e se me lo diceva era perché andava effettivamente tutto bene. E invece no. Alba mi parla di tante difficoltà, mi fa capire che si sentiva una straniera come lei. E quando le ho chiesto se aveva qualche nemico ha esitato, mi ha detto di no, ma che la invidiavano. L'invidia crea inimicizia, lo sappiamo. Soffriva? Era triste, per questo? Non lo so. E non lo saprò mai, giusto?

E tu, signore? Come stavi, invece? Anche questo dovrò chiedere ad Alba, di come sei tu. Di che bambino sei. Di che bambino eri.

Perché di come sarai, quando e se tornerai, non posso chiedere a nessuno.

Proprio a nessuno.

XVII

Aveva immaginato che Alba, una volta convintasi dell'opportunità di andare a riposare, non sarebbe tornata che la mattina successiva; e invece, un po' prima di mezzanotte, era di nuovo in ospedale.

Non aveva l'aria particolarmente distesa, anzi in qualche modo sembrava ancora più guardinga. Gli chiese se e quando erano passati i medici, cosa avevano detto, quali erano gli infermieri. Sembrò infastidita dalla poca cura prestata da Massimo ai particolari dell'assistenza ospedaliera, come se avesse omesso la sorveglianza che gli era stata assegnata.

Il professore non accettò quello che sarebbe potuto diventare un terreno di scontro. Restò ad ascoltare come se lei volesse stabilire delle regole e lui fosse invitato a valutarle per arrivare a un programma comune. Non voleva alimentare quelle che era convinto fossero solo fantasie. Uscirono nel corridoio, immerso nel silenzio e in una pallida luce uniforme. Restarono seduti su una panca metallica senza riprendere il discorso cominciato poco prima. Lui provò a bella posta a ripassare le figure che aveva visto: l'infermiere con i capelli rossi, l'inserviente sudamericana che era apparsa sulla porta per chiedere se il professore voleva approfittare del carrello di cibi destinati ai pazienti. Alba apprezzò questo ripasso e, anzi, lo aiutò a dare dei nomi: Maria, si chiama Maria, la donna sudamericana, viene dal Venezuela. Decisero infine che si sarebbero visti la mattina dopo; Alba, più piccola di Massimo, sarebbe stata comoda sulla poltrona reclinabile che era stata sistemata nella stanzetta, dunque sarebbe rimasta lì di notte. Preferiva così. Massimo non obiettò. Si scambiarono i numeri di telefono, in caso di imprevisti. Tornarono nella stanzetta e rivolsero entrambi un istintivo sguardo al lettino e al suo occupante.

Il professore preferì non chiamare Pancaldi, né imbarcarsi nella ricerca di un taxi, che date le dimensioni della città non sarebbe stato facile reperire a quell'ora. Aveva un ottimo senso dell'orientamento e aveva capito che l'hotel non era lontano dall'ospedale, soprattutto per un buon camminatore dalle lunghe leve come lui. Scambiò un distratto saluto con la guardia alla portineria e si avviò.

Freddo e umidità erano aumentati. La notte in quel luogo era un altro mondo. Aveva alzato il bavero del cappotto e calzato il cappello di lana, le mani in fondo alle tasche, ma si sentì gelare le guance. Il respiro era una nuvola ritmica che si disperdeva nell'aria. La temperatura era scesa diversi gradi sotto lo zero e perciò non nevicava. Quella che pareva nebbia era di fatto una condensa spessa che si levava dalla terra e sulla terra pesava. Dove si apriva quella caligine così greve? Forse più in là, dove c'era il mare. Massimo provò a calcolare l'ipotetica distanza dalla costa più vicina, ma non aveva sufficienti coordinate per disegnare una mappa verosimile; sicuramente quella costa era a più di trecento chilometri. E poi che mare avrebbe trovato? Fosse stato lì, cosa avrebbe visto? Cosa avrebbe potuto condividere con il fantasma del nipote che ormai si portava appresso? Cosa gli avrebbe mostrato? Nulla. Forse avrebbe ascoltato il murmure dell'acqua. Forse.

Le strade erano, come la notte prima, vuote, l'acciottolato scivoloso e infido, nessuna luce alle finestre, i lampioni lasciavano colare un bagliore giallastro che aveva qualcosa di surreale. Massimo si disse, con un po' d'ironia, che la sua ricerca di solitudine e di tranquillità più che nell'isola avrebbe avuto successo qui, in questa città perennemente deserta. Poi pensò al mare, ai tramonti e al vento caldo e si sentì molto, troppo lontano da casa.

Gli venne in mente che la terra cui apparteneva la città in cui avanzava come un alieno imbacuccato, come un mostro, era anche la terra di uno dei più grandi musicisti della storia, e si ricordò di Maddalena, delle opere che molto tempo prima avevano ascoltato insieme. Maddalena diceva che lui non capiva niente, ma non era vero. Gli piaceva quando lei gli raccomandava il silenzio e si immergeva rapita in un'aria che le era particolarmente cara. E ora aveva la netta sensazione che quell'aria – *Caro nome*, diceva – sapesse di questa terra così ostile, così deserta, così fredda.

Ebbe una notte agitata, che non volle imputare agli scrupoli che la coscienza gli scatenava davanti al mancato esercizio della funzione di padre e di nonno, ma al letto, al materasso al quale non era abituato. Ebbe sete, andò in bagno, vagò nella luce triste della stanza per poi tornare a stendersi e a starsene sveglio al buio, occhi al soffitto. Aveva messo in funzione il telefono cellulare, che Cristina gli aveva regalato quando si era trasferita al Nord e che lui aveva utilizzato assai di rado. Nella scatola c'era il numero, che aveva memorizzato facilmente sulla base di una sequenza numerica da lui stesso ricostruita; fin da bambino era affascinato da come i numeri si mettessero in relazione spontaneamente, in maniera più emersa e riconoscibile degli esseri umani, uno divisibile o multiplo di un altro o semplicemente incompatibile.

Alla fine si alzò che non era ancora l'alba, fece una doccia e si vestì. Avrebbe dovuto trovare il tempo di comprare della biancheria e qualche camicia, forse una sciarpa e dei guanti, non ci fosse stato il tarlo della speranza di tornarsene presto a casa a contrastare l'esigenza di restare vicino a Checco. Facciamo acquisti, pensò, almeno per il tempo necessario a sistemare le cose. Avrebbe parlato con Pancaldi appena possibile delle risorse disponibili per l'assistenza.

Alle sette scese a fare colazione. Il gelo del buio aveva lasciato il posto a una livida luce mattutina in cui si muoveva rapida una rada popolazione di passanti diretti al posto di lavoro. Prima ancora di terminare il caffè, schifato dalla mera idea di chiamare con quel nobile nome una bevanda così disgustosa, che pur era preparata con gli stessi ingredienti che usava con la sua macchinetta di casa, si accorse che dall'altra parte della strada, sfocato dai vetri appannati della sala, stava il vicecommissario Caruso.

Non poteva sbagliarsi. Lo stesso pesante cappotto antiquato, il naso arrossato distinguibile anche a distanza, i folti baffi da tricheco. Stavolta aveva anche un colbacco in testa, un basso cilindro nero che Massimo non vedeva dagli anni Settanta. Era fermo, riparato dal vento in una rientranza della triste palazzina di fronte all'albergo, gli occhi nel vuoto davanti a sé. Evidentemente aspettava un'ora congrua per telefonargli.

Ebbe pena di lui e, preso cappotto e cappellino, uscì in strada. L'uomo si rianimò vedendolo e gli andò incontro:

«Ah, professo', l'avevo pensato che sarebbe uscito presto. Ma se va di fretta, possiamo anche vederci in un altro momento.»

Massimo scosse il capo:

«No, no, ci mancherebbe. Devo andare in ospedale da mio nipote, e purtroppo a quanto sembra non c'è fretta. Hanno il mio numero, eventualmente mi chiamano.»

Caruso fece un'espressione di circostanza, accentuata dai baffoni spioventi:

«Ah, il bambino, sì. Lo so. Una cosa triste, che dicono i medici? Come sta?»

Massimo si strinse nelle spalle:

«Non sanno dirlo, per la verità. Lo hanno operato alla testa. Bisogna aspettare, adesso non si può fare niente.»

Il poliziotto annuì, e il colbacco ne assecondò il movimento:

«Capisco. E mi creda, è un miracolo che sia vivo. Se avesse visto la macchina, come l'ho vista io, non ci crederebbe.»

Massimo non disse niente. L'altro gettò un'occhiata tutto attorno:

«Posso proporle di camminare, professo'? Qua a stare fermi in strada in questa stagione si corre il rischio di rimanere congelati come stoccafissi.»

Massimo indicò genericamente l'hotel:

«Se vuole, possiamo entrare lì. Potremmo farci fare un cappuccino, sconsiglio vivamente il caffè.»

Caruso fece un sorriso triste:

«Eh, il caffè. A tutto mi sono abituato, in più di trent'anni, tranne che al caffè. Non capisco con che coraggio lo chiamino così.»

Massimo non poté fare a meno di sorridere all'eco del suo stesso pensiero.

«Allora entriamo? Ha l'aria infreddolita, almeno si riscalda.»

Il vicecommissario sembrò tentato, poi fece cenno di no:

«Meglio camminare, professo'. In questa città, che per carità è tanto civile e discreta, certe volte le notizie circolano veloci. E io sono qui a titolo personale, non ufficialmente.»

Appena finito di parlare, Caruso si voltò e si inoltrò in una strada laterale. Aveva un passo breve e veloce, che ricordava il modo di camminare di Pancaldi, ma più deciso ed elastico. Massimo gli si affiancò. La strada laterale conduceva, come tutte le strade, verso il centro. Erano vie che portavano nomi buffi come Serpentina, Speranze rotte, Vicolo del muro dritto, e via dicendo.

L'uomo cominciò a parlare, a voce bassa. Il professore dovette aguzzare le orecchie per distinguere quel che gli veniva detto.

«Sono qua da un sacco di tempo, professo'. Lo avrà intuito, io vengo da giù, esattamente da San Giorgio a Cremano, il paese di Massimo Troisi, pace all'anima sua. Sono venuto qua quando sono entrato in polizia, e ho fatto tutta la carriera nei dintorni, in questa regione insomma. Mia moglie è di qua, i miei figli sono cresciuti qui.

Pian piano nel paese mio sono morti tutti quanti, ci stanno solo un paio di zie, e non sono sceso più.»

Massimo continuava a camminare, chiedendosi il motivo per cui quell'uomo ritenesse di dovergli rendere conto della sua vita.

Come se avesse intuito i suoi pensieri, Caruso disse:

«Mo' lei si chiederà: perché Caruso mi racconta queste cose? Perché la comune origine è proprio il motivo per cui sono venuto a parlare con lei, professo'. Perché se lei e sua figlia foste stati, che so, piemontesi o veneti, non me la sarei sentita di dirle quello che le voglio dire. Non per cattiveria, ma perché probabilmente mi avrebbe mandato a quel paese. Non che io sia certo al cento per cento che non lo farà anche lei, per carità: ma noi delle parti nostre siamo più, come dire, dotati di immaginazione. E quindi diamo peso alle impressioni, anche quando non si possono sostenere. Mi sono spiegato?»

La strada aveva curvato ed era sboccata in una piazza in cui pareva finissero tutti i venti. Caruso sgambettò sotto un portico, e Massimo lo raggiunse. Il rumore dei passi svelti restituiva un'eco distinta.

«Mi scusi, Caruso, che cosa mi vuole dire?»

L'uomo tacque per un po', il profilo che emergeva dal colbacco, poi rispose:

«Eh, che le devo dire? Mica è facile. Non so proprio da che parte cominciare, eppure ci ho pensato tanto.»

Massimo lo fissò, incuriosito:

«Abbia pazienza, ma se mi ha cercato vorrà pure dire che...»

Il poliziotto si fermò di botto e si voltò a guardarlo. Era più basso di una ventina di centimetri. Tirò su col naso e cavò dalla tasca del cappotto un fazzoletto macchiato, in cui soffiò rumorosamente. Gli occhi acquosi erano inespressivi.

A bassa voce disse:

«Ci sta qualcosa di strano, nell'incidente di suo genero e sua figlia, professo'. Qualcosa di molto strano.»

XVIII

Detto questo, Caruso si allontanò a passo di marcia. Massimo ebbe un momento di esitazione, ma poi lo seguì. L'uomo avanzava in silenzio, ingobbito, sbuffi regolari dalla bocca, i movimenti rapidi e decisi delle gambe, abituato com'era agli infidi ciottoli di fiume. Il professore lo sopravanzava di almeno una spanna, e vedeva il colbacco inclinato verso il basso.

Un vicolo, un altro vicolo. Poi portici e piazzette, uno slargo, una nuova strettoia. Di giorno c'era un che di decente se non di elegante in quel convergere di edifici diseguali e ben conservati. C'era una logica dell'abitare molto differente da quella a cui il professore era abituato. Faceva pensare a interni protetti piuttosto che a spazi in attesa di essere invasi dalla luce. Ci si doveva sentire al sicuro, lì dentro. Anche i portoni, soprattutto quelli che risalivano all'Ottocento o ai primi anni del Novecento, avevano spessori da fortezza, che nella sua isola Massimo riconosceva solo nei pochi palazzetti di origine nobiliare o militare. Nel dedalo di vicoli e piazze incrociarono qualche passante, sentirono sulle spalle occhiate incuriosite, né mancarono cenni di saluto al poliziotto. Biciclette sì, molte, che sfrecciavano sulle lastre di granito un tempo destinate alle ruote dei carri. Qualche auto, qualche vetrina illuminata, e il levarsi improvviso del profumo di pane appena sfornato, riassorbito solo qualche metro più in là dal vento che si incanalava fra le case, su per straduzze e svolte, e spingeva chissà dove fragranze e illusioni.

Caruso procedeva senza girarsi, sicuro che il professore lo stesse seguendo. Fece solo un cenno, portò l'indice all'orecchio come volesse sollecitarlo ad ascoltare. E infatti, quasi dal nulla, venne, sempre più netto, un rumore sordo, un suono che, aumentando, faceva pensare a un murmure profondo, a un basso continuo. Uno scrosciare d'acque.

Svoltato un angolo, la strada diventava in effetti un lungofiume serpeggiante accanto a una corrente turbinosa che portava a valle detriti e tronchi d'albero. Non era nulla di più d'un torrente ma, così gonfio d'acque, tingeva tutto d'un grigio sporco, sabbioso, così com'erano sporchi e fradici i cumuli di neve ammassati sugli argini. Per quanto la città si stendesse in pianura, il torrente sentiva la spinta delle colline alle spalle. Era un affluente del grande fiume che correva una trentina di chilometri più a valle, in mezzo alla pianura, il grande fiume dove Checco aveva conosciuto i pescatori d'acqua dolce.

Caruso si fermò di botto, faccia alla corrente e mani affondate nelle tasche. In quel punto il vento, idiota e cattivo, cozzava contro una sequenza di edifici chiusi a ferro di cavallo: una sorta di riparo o trincea. C'era solo l'acqua che fluiva con il suo tormento al di là della balaustra di pietra del lungofiume. Il poliziotto continuava a fissare la corrente e, senza voltarsi, disse:

«Me ne vengo spesso qua, professo'. Strano, eh? Come se uno avesse bisogno di acqua, in qualche modo. Certo, non è Mergellina: ma ci sono dei momenti, d'estate soprattutto, che col cielo azzurro ha una sua bellezza. Ci sono anse del torrente dove ci si specchia, e una volta le donne, mi hanno raccontato, venivano a fare il bucato: stendevano le lenzuola bianche sulle pietre, oppure là sopra sul prato, fra un platano e l'altro. Adesso fa paura, perché pare che ti può portare chissà dove da un momento all'altro.»

A Massimo premeva chiedere e premeva sapere. Sputò fuori la domanda in fretta come fosse rimasta troppo a lungo in bocca:

«Che vuol dire, col fatto che l'incidente è strano? In che senso, strano?»

Caruso sembrò faticare a trovare la via giusta e cercò le parole con attenzione:

«Lei è in pensione, professo', o insegna ancora?»

L'altro scosse la testa:

«No, non lavoro più. Appena la legge me lo ha consentito ho smesso.»

«Sì, lo capisco» disse il vicecommissario. «Uno alla fine si stanca, soprattutto quando ne ha viste tante. Io in pensione ci vado il giugno prossimo, e non lo so come mi sento. Da un lato mi dà sollievo, dall'altro mi fa paura.»

Massimo di solito non era persona insofferente, lasciava tempo al tempo, ma questa volta ebbe uno scatto di impazienza:

«Senta, Caruso, io vorrei capire che cosa mi sta dicendo e che ci facciamo qua. Mi scusi, ma è stato lei ad accendere la curiosità, e, dato che l'oggetto di quella curiosità non è vuota chiacchiera, dato che siamo di fronte a un tema di una certa gravità, la invito a essere più esplicito, sennò non capisco come mai siamo qui, a cercare un riparo dal vento, a cercare un posto dove parlare.»

Questa volta Caruso si voltò e lo fece con scioltezza, come girasse su un perno, scoprendosi illuminato da un sorriso. La cosa ebbe un effetto strano, perché quel sorriso gli tolse una ventina d'anni di dosso e lasciò intravedere il ragazzo che era stato.

«Glielo dico, glielo dico, perché siamo qui. E aggiungo che probabilmente, se non avessi la prospettiva della pensione, questa conversazione non sarebbe mai avvenuta. Ma siccome ci devo andare, non voglio avere scrupoli e pensieri nelle lunghe giornate che passerò accompagnando mia moglie a fare la spesa. Tutto qui.»

Massimo lo fissava, in attesa.

«Dunque, professo', mi ascolti bene. Io sono l'unico, in questa città, che può dirle quello che sto per dirle, e per due motivi.»

Tirò fuori una mano guantata dalla tasca ed enumerò con le dita:

«Uno: sono stato nella polizia stradale per vent'anni, e conosco le strade di questa città e dei dintorni millimetro per millimetro, e in ogni stagione. Posso farle la lista di ogni incidente, di ogni irregolarità, di ogni buca e pure delle lastre di ghiaccio, dove e quando si formano e come giocano brutti scherzi a chi ci passa sopra...»

Massimo continuava a fissarlo negli occhi. Al pollice si aggiunse l'indice.

«Due: sono l'unico poliziotto in grado di capire qualcosa di meccanica e di dinamica, oltre a essere amico intimo del capo dell'officina della polizia, dove è stato portato quello che resta dell'auto di suo genere. Che è stata esaminata a fondo, pezzo per pezzo, alla ricerca di un eventuale guasto.»

Il professore chiese, con voce bassa ma ferma:

«E che guasto c'era, nella macchina?»

Il sorriso di Caruso si spense in una espressione senza contenuto, come volesse significare qualcosa a cavallo fra incredulità e perplessità.

«Nessuno. Non c'era l'ombra di un guasto. Freni, sterzo, assi, ruote. Tutto perfetto.»

Massimo non capiva:

«Mi scusi, non è lei che ha detto che la macchina è ridotta a un rottame tale da consigliarmi di non vederla?»

Il poliziotto fece una smorfia di sufficienza:

«Eh, ma lei è un profano, professo'. Un pezzo meccanico, per quanto deformato o ammaccato o perfino ridotto in frammenti, resta un pezzo meccanico. Si può ricostruire, controllare, esaminare. E noi abbiamo tecnici, me lo lasci dire, di livello altissimo. Se loro dichiarano che non ci stava niente di rotto, possiamo crederci.»

Massimo provò a digerire l'informazione:

«Può essere stato quindi un agente esterno? Una lastra di ghiaccio, qualcuno che ha attraversato la strada, un animale...»

L'altro scosse il capo:

«No, no. In quel punto la strada non ha alcuna irregolarità, niente ghiaccio, niente buche. E i segni sarebbero evidenti: non ci sono state sterzate né frenate. Di fronte a un ostacolo improvviso, questi segni ci sono sempre. Stavolta niente. E c'è di più.»

Il professore era in allarme. Per qualche motivo che non

sapeva spiegarsi, aveva la netta, irragionevole impressione di trovarsi in un momento che sarebbe stato costretto a ricordare a lungo, in ogni particolare. Non credeva alle premonizioni, per formazione era uno abituato a concatenare i fatti: eppure, per la seconda volta in tre giorni, avvertiva chiaramente una specie di sdoppiamento. C'era un Massimo lì, in piedi nel freddo e vicino a un corso d'acqua impetuoso, e ce n'era un altro che lo osservava a distanza, come lo spettatore di un film.

Caruso continuò:

«Esiste uno spezzone di filmato di una telecamera di sorveglianza di una fabbrica, non lontana dal luogo dell'incidente. Coglie un pezzo di strada proprio ai margini del campo visivo. E su questo le devo dire qualcosa di molto, molto riservato.»

Massimo chiese, in tono più brusco di quanto avrebbe voluto:

«Se è riservato, perché me lo dice?»

Il poliziotto sorrise, come se si fosse aspettato quella domanda:

«Semplice, professo'. Perché non esiste nessuna inchiesta. Il magistrato non ha disposto indagini, né ulteriori accertamenti. Il camionista è illeso, suo genero e sua figlia sono defunti, il bambino sta come sta. Penso che sia stata tenuta in considerazione la famiglia, che le devo dire. Però non c'è nessuna inchiesta in corso.»

«E allora perché lei s'è andato a guardare il filmato della sorveglianza della fabbrica?»

Il vicecommissario si strinse nelle spalle:

«Perché il custode è amico mio, e ci ho fatto una passeggiata. Non vuole sapere che cosa ho visto?»

Massimo annuì. Un muscolo gli guizzava sulla mascella.

«La macchina di suo genero non ha fatto la curva, semplicemente. È andata diritta, e l'impressione che ho avuto è che abbia decisamente accelerato.»

Massimo si arrovellava intorno a un intrico di informazioni che non sapeva collegare. Il sangue gli pulsava nelle tempie. Incongruamente ricordò il momento in cui Cristina gli aveva detto di essere incinta.

«Può avere avuto un malore, può aver bevuto? Si è distratto? Mio genero, intendo.»

Caruso tacque, fissandolo con quell'espressione da cane da caccia in attesa di una carezza. Poi cominciò:

«Ho sentito parlare la gente che era con loro, a questa festa dell'associazione che sostenevano: non aveva toccato un dito di vino, era molto coscienzioso in questo. L'azienda disponeva regolari check up per i dirigenti, e lui per dare l'esempio era sempre il primo, glielo potrà confermare il vicepresidente, l'ultimo venti giorni fa, ed era in perfetta forma. Ed escluderei il colpo di sonno, dato che non erano nemmeno le dieci di sera.»

A questo punto a Massimo cominciava a mancare il respiro. Che cosa diavolo voleva dirgli, quell'uomo?

«Un errore, una distrazione allora. Forse il telefono, la radio, o anche il bambino avrebbe potuto...»

Caruso si lasciò attraversare dal dubbio:

«Certo, tutto può essere. Il telefono no, ho controllato e l'ultima chiamata, dal fisso del suo ufficio, risaliva a mezz'ora prima. Il bambino, come sa, dormiva sul sedile posteriore ed è quello che gli ha salvato la vita. Loro due avevano le cinture allacciate, che per inciso hanno reso difficile estrarli da... Vabbè, non è il caso. Comunque, come probabilmente saprà, il dottor Petrini era un pilota più che abile; in passato aveva addirittura gareggiato in qualche rally, con la macchina della sua società. La distrazione è possibile, ma francamente mi pare un'ipotesi insostenibile.»

Il professore restò in silenzio, e dal silenzio trasse una voce che suonò quasi un sussurro:

«Caruso, la prego: basta così. Mi dica quello che ha in mente, e chiudiamo questa conversazione.»

L'altro bisbigliò:

«Non posso ovviamente esserne certo, professore. E nessuno mi ha chiesto di approfondire, il che se ci pensa è già una cosa piuttosto strana, anche perché si dovrebbe procedere d'ufficio: eppure, niente di niente. Questa è una città che manca in tante cose, ma che in una è straordinaria: far calare il silenzio. Come fosse un manto di neve.»

«Che vuol dire?»

Il poliziotto tirò fuori la mano dalla tasca e gli prese il braccio, con una stretta salda:

«Voglio dire, e non lo ripeterò mai davanti a un testimone perché ci tengo alla mia tranquillità, che suo genero in faccia a quel TIR ci è andato di sua volontà, professo'. Il perché non lo so, e nemmeno lo voglio sapere: ma io in pensione con questa consapevolezza in corpo non ci voglio andare, non se riguarda qualcuno delle parti mie. E la signora, sua figlia intendo, era proprio una brava persona, e non se lo merita di finire sotterra nel silenzio. Ecco che cosa le voglio dire.»

XIX

Cosa aveva detto in realtà Caruso? Niente. Alla fin fine, non aveva detto niente. Il torrente aveva continuato a far sentire il suo murmure e il vento era tornato, fuori dal riparo, a insinuarsi fra casa e casa, nel gomitolo di straduzze. Salutato il vicecommissario, Massimo si era messo a girovagare per la città. Funzionava al contrario rispetto all'isola, dove camminare per strada significava immergersi in una collettività curiosa e appiccicosa, tutta sorrisi e saluti e tentativi di attaccare discorso. Qui Massimo si sentiva invece pressoché invisibile, poteva procedere indisturbato e addirittura aveva l'impressione che i rari passanti che incrociava, una volta messa a fuoco la sua figura, distogliessero lo sguardo.

Il dialogo con il poliziotto lo aveva disorientato, ed era una sensazione che la sua forma mentis da matematico non tollerava. Per tutta la vita si era schierato contro l'irrazionalità delle emozioni e l'inopportunità dell'immaginazione, lottando strenuamente per la concretezza e la logica; e adesso spuntava quell'ometto coi baffi umidi e il naso gocciolante che gli portava impressioni, impressioni e basta, senza nessuna prova a supporto. Aveva aperto uno scenario di possibilità che trasformava i già tragici avvenimenti in un guazzabuglio incoerente di ambiguità e di incertezze che magari nessuno mai avrebbe potuto appurare. Non sarebbe stato meglio studiare, approfondire, arrivare – se bisognava – agli snodi di una verità? Perché era venuto ad avvelenargli l'anima con il seme di un dubbio?

Camminando per le strade semideserte, il professore si chiese perché non avesse tagliato corto. Perché non aveva posto subito fine a quell'assurda conversazione? Sua figlia e suo genero erano morti, questa era l'unica evidenza; e suo nipote era in un limbo dal quale chissà se sarebbe mai tornato, e in che stato. Gettare ombre su un evento già di per sé così atroce era un'inutile cattiveria.

Eppure c'era qualcosa che agiva profondamente nella coscienza di Massimo, ed era lo sguardo di Caruso.

Allenando una naturale tendenza all'interpretazione delle espressioni, il professore aveva affinato questa capacità negli anni dell'insegnamento. Era celebre tra i suoi studenti per essere in grado di misurare, infallibilmente, il livello effettivo della loro preparazione anche senza fare domande. Gli bastava lasciar scorrere lo sguardo da rettile sull'intera scolaresca per individuare chi non aveva studiato o non aveva digerito e assimilato la lezione, e chiamarlo alla lavagna. Sapeva riconoscere ogni minima incertezza, anche se celata dietro un velo di spavalderia o arroganza. Nessuno sfuggiva all'ineluttabilità della sua esplorazione.

In Caruso, nelle sue parole e in quello che aveva detto, non aveva scorto la minima traccia di titubanza, di insincerità o di insicurezza. Quell'uomo diceva, o credeva di dire, la più assoluta delle verità.

Naturalmente – e la logica che guidava i processi mentali di Massimo imponeva con forza quest'ipotesi – ciò non significava necessariamente che la sua fosse una verità accertata. Si trattava piuttosto di una percezione fondata sull'esperienza e sull'induzione, dall'analisi del ruolo, delle capacità e della posizione del vicecommissario emergeva una figura di piena attendibilità.

E allora? Quali conclusioni si potevano trarre?

Era intanto arrivato alla piazza del duomo, deserta come le strade che aveva appena percorso. Due leoni di pietra – ma uno aveva la testa mozza – facevano da guardia ai piedi del portale. D'impulso, il professore entrò in un caffè. Aveva bisogno di calore, ma anche di un ambiente un po' meno lunare di quella città vuota. L'interno del locale era caldo e accogliente, con un profumo di cannella e di spezie e una leggera musica in sottofondo.

Dei quattro tavolini tre erano occupati: un uomo anziano con un cappello a tesa larga leggeva il giornale, due signore si scambiavano confidenze quasi dimentiche delle tazze di tè che erano state appena servite e una coppia di ragazzini consumava con avidità le proprie brioche. Lui occupò il quarto tavolo, e chiese un cappuccino.

Pensò: mettiamo che sia vero. Che per qualche motivo non sia stato un incidente, una disgrazia, ma un atto di volontà. Di chi? Di Luca, che era alla guida. O anche di Cristina, che gli stava seduta al fianco. Un litigio? Una discussione forte, magari i gesti imprudenti di una colluttazione? Caruso non aveva parlato di zig-zag, di una perdita di controllo del veicolo. Al contrario, aveva addirittura menzionato una probabile accelerazione.

Luca, quindi. Suo genero.

Con moglie e figlio in macchina? Col bambino addormentato sul sedile posteriore? Dopo una serata tranquilla, serena? E per quale motivo avrebbe dovuto fare una cosa del genere? Di nuovo si chiese perché Caruso gli avesse voluto suggerire uno scenario come quello. Aveva interesse a farlo? Quale? Era stato mandato da qualcuno? E, se le cose stavano davvero così, da chi?

Il barista si era mosso con leggerezza fra i tavoli e con una sorta di naturale deferenza aveva lasciato la tazza sul tavolo. Massimo notò allora che alle pareti erano appese foto d'epoca della città. Riconobbe la piazza, il torrente, carri di fieno, e poi immagini della campagna intorno: casali, pioppeti, buoi al traino. Si ricordò di un film che aveva visto molti anni prima ambientato in una campagna come quella, protagonista una grande famiglia di contadini. Fantasmi di un tempo andato. Sorseggiò con sollievo la bevanda caldissima, e pensò ai fantasmi più recenti che Caruso aveva evocato, fantasmi che avrebbe dovuto lasciare dove stavano. Massimo doveva affrontare la questione razionalmente, con equilibrio.

La memoria si attivò, e gli riportò alla mente le occasioni in cui si era trovato in presenza del genero.

Non erano poi molte, considerati tutti gli anni di relazione dell'uomo con Cristina. Le scarpe rosse e le estati, certo. Il matrimonio, l'emozione e la mano tremante che aveva stretto quando gli aveva consegnato il braccio della figlia una volta giunti davanti all'altare. La commozione di quando era nato Francesco, le poche parole con le quali gli aveva spiegato che aveva scelto il nome del padre, morto per un infarto quando lui aveva appena vent'anni.

Luca era un ragazzo chiuso, timido, almeno con lui. Sapeva del suo ruolo importantissimo nell'azienda di famiglia, qualche volta Cristina gli aveva detto con un po' di fastidio che era molto dedito al lavoro; ma era una donna che sapeva apprezzare i benefici derivanti dalla posizione sociale e non si lamentava granché.

La tenerezza che riconosceva negli occhi di sua figlia quando parlava del marito gli piaceva e lo rassicurava. Era una coppia salda, legatissima al bambino. Di questo era più che certo.

E allora, che poteva essere accaduto? Se proprio doveva considerare l'ipotesi, era propenso a figurarsi un malore. D'accordo, c'era la questione del check up aziendale; e Luca era giovane, sportivo. Ma questo non escludeva il fatto che potesse essersi sentito male. O che vivesse una condizione di stress, legata magari al lavoro. Essere presidente di un'azienda di grandi dimensioni, sia pure molto florida, implicava senza dubbio una concentrazione e un grado di tensione difficili da governare.

Non aveva elementi a sufficienza. Troppe incognite in quell'equazione. Si domandò se avesse davvero interesse a risolverla: o se non fosse più rispettoso lasciare in pace sua figlia e suo genero, là dove si trovavano adesso. Meglio occuparsi del bambino, prima di tornarsene a casa con quel nuovo, immenso deserto dentro.

Fu tuttavia proprio il pensiero di Checco a convincerlo del contrario. Se il bambino si fosse svegliato, se fosse uscito dal tunnel, avrebbe probabilmente dovuto pagare per molti anni, forse per sempre, le conseguenze di quello che era successo. Non avrebbe avuto il diritto di sapere? E se fosse passato troppo tempo, forse la verità non sarebbe mai venuta a galla.

Aveva un compito, era fondamentale assumerselo quell'impegno: non solo assistere il nipote fino a quando fosse stato necessario, ma anche scoprire che cosa l'aveva ridotto in quel letto di ospedale, in fin di vita.

Da dove cominciare? E come fare? Come muoversi? La città era impenetrabile e diffidente, e lui non era dotato di uno spirito capace di catalizzare le confidenze altrui.

Quasi a conferma di queste considerazioni, si accorse che le due donne, perse fino a poco prima nelle loro confidenze, avevano smesso di ridacchiare e lo contemplavano in silenzio. Traspariva dai loro sguardi una curiosità famelica. Ebbe l'impressione che molti avevano messo a fuoco la sua identità e ora si aspettavano da lui chissà quale mossa.

Quell'ambiente che gli era parso accogliente e confortevole, le foto alle pareti, i giovani golosi di brioche, il lettore anziano sullo sfondo, tutto si stringeva intorno a lui e gli faceva mancare l'aria. Scattò in piedi, lasciò delle monete sul tavolino e uscì, inspirando a lungo.

Gli apparve, come un destino, il volto di Alba, straniera quanto lui ma più di lui esercitata e pronta a riconoscere i fili mancanti della vicenda. In fondo aveva vissuto con la figlia, ne era stata amica e forse sapeva quello che gli serviva.

Doveva solo superare la sua diffidenza.

XX

L'uomo entrò e si chiuse la porta alle spalle. Si liberò di soprabito e cappello, li appese all'attaccapanni e tirò un lungo sospi-
ro, tutto compreso in sé.

Si avviò nell'ampio salotto senza accendere la luce. Una parete era quasi integralmente occupata da una vetrata, dalla quale
si vedeva la città e la neve che lentamente, ma in maniera decisa, aveva ricominciato a cadere.

Andò spedito verso un pensile e ne aprì la ribalta. Tirò fuori una bottiglia di cristallo e un bicchiere basso e largo. Si versò due dita di un liquido ambrato, ripose la bottiglia e, portando il bicchiere alle labbra, si avvicinò alla vetrata.

Il liquore scese fiammeggiando per l'esofago, strappandogli
una smorfia in volto. Una voce lo raggiunse da una porta alla
sua sinistra:

«Pensi che ti serva? Più di un'ulcera non ti può procurare,
quella merda.»

L'uomo fece un sorriso amaro, senza distogliere gli occhi dai
tetti già imbiancati.

«Chissà, magari mi serve. Magari mi toglie questi maledetti

pensieri dalla testa, e riesco pure a dormire un paio d'ore, stanotte.»

La donna avanzò imperiosa, lisciandosi i fianchi.

«Non serve a niente, invece. *Non serve a nessuno, se non a perdere la capacità di pensare e di riflettere. E di trovare una soluzione, qualcosa che ci faccia... che ti faccia uscire da questa situazione.»*

L'uomo si voltò verso di lei, che era ancora immersa nel buio, presenza quasi priva di fisicità, ingombrante come un fantasma. O come la voce della coscienza.

«Dici bene, invece. "Ci." Ci faccia uscire. E dicendo noi, non penso solo a me e a te, ma a tutta quella gente. Perché, non te ne dimenticare, da quello che faccio o non faccio io...»

Lei concluse la frase con tono beffardo:

«Dipende il destino della città, certo, come no. Senti, ti do una notizia: per una volta, una volta sola, dovresti pensare a te stesso e alla tua famiglia, invece. Perché saresti tu a rimanere con le mani nella marmellata, e a quel punto...»

L'uomo cacciò giù un lungo sorso, e si accorse che la mano gli tremava:

«Senti, Sandra, io non ho certo bisogno che sia tu a ricordarmi cosa devo o non devo fare.»

La donna lo interruppe, alzando il tono della voce:

«Io credo di sì, sai. C'è bisogno che io ti ricordi in che casino ti sei messo, e in che casino siamo tutti. Quello che è successo è terribile, non ci voleva, è un peccato eccetera eccetera eccetera», *riprese fiato dopo tutti quegli eccetera.* «È un peccato, ma è successo. E non ci si può certo fermare adesso, ti pare? Chi muore giace, e chi vive si dà pace. E io voglio sapere tu che cosa hai in mente di fare, ripeto: adesso.»

L'uomo la cercò nel buio e la apostrofò severo con un tono appena stridulo:

«Ma che dici? Un po' di rispetto, cazzo! Stiamo parlando di due morti, non di un imprevisto, di un incidente di percorso! Non capisci la gravità di questa cosa? In pratica sono ancora caldi. Sono ancora lì.»

La donna uscì finalmente dall'ombra, e si avvicinò:

«Sono momenti, Marcello. Momenti. Non si può perdere tempo, o credi che tutti quegli avvoltoi si fermeranno? Lo sai meglio di me che succederà esattamente il contrario: adesso che il ragazzo non c'è più, si farà a chi arriva per primo. E dall'altra parte ci sarà un bel fuggi fuggi. La guerra può finire in un attimo, senza che si possa fare più niente.»

L'uomo la fissò inviperito, ma non parlò. Tornò invece al mobile bar e si versò un altro bicchiere.

Poi disse:

«E tu credi che io non lo sappia? Ho analizzato la questione non una, ma diecimila volte. E non da solo, come sai bene. Non mi sfugge nessun dettaglio, stanne certa.»

La donna sibilò:

«Esatto. E allora avrai una strategia, no? Avrai un'idea su come muoversi, che cosa fare. Tu ce l'hai sempre, una strategia.»

L'uomo bevve. Quando parlò di nuovo aveva un tono più fermo:

«Il bambino. Il bambino, come sai, è ancora vivo. E come sempre accade, questo può essere un problema o un'opportunità.»

La donna sembrò disorientata:

«Ma... non è gravissimo?»

«Ho parlato con la Santi, l'ultima volta mezz'ora fa. È stazionario, non peggiora e non migliora. Mi ha detto, con felice immagine, che è come addormentato su un filo in bilico a cento metri d'altezza. Che poetessa, la Santi, eh?»

L'ironia era solo nelle parole. Gli tremava la voce. La donna si lisciò il tailleur grigio e trasse le sue considerazioni:

«Non capisco: per quanto tempo potrebbe rimanere così? E cos'è meglio? Che viva o che ceda?»

L'uomo le si avvicinò furioso:

«Cedere? Cedere. Non lo dire! Non lo dire nemmeno, cazzo! Ma ti rendi conto? È un bambino, ha nove anni! Io non posso certo arrivare a tanto!»

Erano ormai faccia a faccia, anche lei alzò la voce:

«Ah, no? Perché, il destino di noi due pesa di meno? E quello di centinaia, di migliaia di persone, famiglie intere? Di questa città? Ti rendi conto o no, che dipende tutto da te? Che ci metterebbero due minuti, a darti la colpa di tutto?»

L'uomo scolò il bicchiere fino all'ultima goccia:

«Lo so benissimo, e allora? Tu che sai tutto, tu che conosci il bene e il male, spiegami: che devo fare? Dimmelo, perché forse a me sfugge qualcosa, ma non mi pare di essere il padreterno e quindi di essere in grado di determinare la vita e la morte.»

Lei si ritrasse e rientrò nel buio:

«La figura chiave, quella da cui dipende un po' tutto, è il terrone. Che cosa pensa di fare? Ha deciso qualcosa?»

L'uomo scosse il capo:

«Macché. Quello, te lo dico io, non vede l'ora di tornarsene nella sua isoletta. Secondo me non gliene fregava un bel niente nemmeno della figlia, figurati del bambino. Pensa che, se non fosse stato per la serva, l'altro ieri stava quasi per dare l'ordine di non rianimarlo, il bambino.»

Lei allargò le braccia e, immersa com'era nell'ombra, parve un volatile incapace di levarsi in volo. Poi puntò l'indice davanti a sé come se potesse, così facendo, chiamare l'interlocutore vero di tutta quella conversazione.

«Non importa come la pensi, importa quello che vuole fare. Lo sai che la legge è chiara, no? Ce lo siamo già detti quando è successo quel che è successo. Tutto passa attraverso una sua decisione. Certo, potrebbe per esempio rinunciare. Se vuole tornarsene a casa sua...»

L'indice era ancora teso nel vuoto, anzi nella luce.

L'uomo si lasciò cadere su un divano. La neve, all'esterno, aveva cominciato a turbinare nel vento.

«Non lo so, non lo capisco. Se ne sta là, senza espressione, senza piangere o ridere o incazzarsi. Nemmeno mi pare interessato alla situazione. Chiunque al suo posto avrebbe chiesto, che so, delle proprietà o dei soldi, o della condizione economica del bambino. Lui niente.»

La donna tacque a lungo, quindi abbassò il braccio. Si ricompose in figura del buio e lui la sentì mormorare:

«Che dovrebbe succedere? Dico, per completare l'operazione. Per salvarci tutti. Che dovrebbe succedere?»

Lui rispose, piano:

«Potrebbe mostrarsi ragionevole. Cioè, una volta chiaritagli la situazione, raccontandogli almeno qualcosa di quello che stava succedendo prima dell'incidente, magari potrebbe accettare di continuare. In fondo, era quello che stava facendo il genero, anche se non proprio volentieri. Gli si potrebbe spiegare, dirgli come stanno le cose.»

Un colpo di vento picchiò contro la vetrata, la neve si alzò in un turbine danzante. Le parole della donna quasi non si sentirono:

«Oppure il bambino potrebbe morire.»

E Marcello Pancaldi, vicepresidente della Petrini e figlio S.p.A., rabbrividì come se quel vento che agitava la neve nell'aria lo avesse raggiunto.

XXI

Quando il medico uscì, Massimo restò in silenzio.

Alla richiesta di Alba di sapere se ci fossero novità, il giovane dottore aveva risposto un po' infastidito che non ce n'erano, che probabilmente non ce ne sarebbero state per molto tempo e che trovava strano che, nonostante il primario fosse stato chiaro in tal senso, la donna continuasse a fare la stessa domanda ogni volta che entravano per controllare i livelli e cambiare la borsa in cui confluivano le urine dal catetere.

Prima che la donna rispondesse con durezza, Massimo intervenne con qualche parola conciliante, giustificando le pressanti richieste con la comprensibile angoscia che condividevano.

Appena soli, Alba lo aggredì:

«Non mi fido. E non ho bisogno di avvocati difensori, capito? Non mi fido. E finché Checco starà in questa condizione, controllerò sempre quello che gli fanno.»

Massimo le cercò gli occhi dentro il volto bello, ma d'una bellezza appena sfiorita:

«Mi hai detto perché non ti fidi, e io ti ho detto perché, secondo logica, a Checco non succederà niente di male per mano di questi medici. Ma io ho bisogno di sapere altre cose, e tu sei l'unica, probabilmente, a cui posso fare delle domande.»

Alba sembrò sorpresa:

«Che vuoi dire? Quali sarebbero queste altre cose?»

Si guardarono, come era già capitato, al di sopra del letto del bambino, tesi come un ponte, le parole cadenzate dal cicalino della respirazione. Era una situazione surreale, fuori da qualsiasi consuetudine. Massimo si sentiva preda di un profondo disagio, dilatato dalla palpabile diffidenza di quella donna. Aveva tuttavia deciso di andare a fondo e Alba era un passaggio inevitabile. Prese fiato e si dispose a parlare come solo un padre avrebbe potuto fare, e lui, padre lo era, a tutti gli effetti. Dunque tornò a cercare un varco dentro la liquidità di quegli occhi che a loro volta cercavano i suoi con cautela.

«Io vorrei sapere di mia figlia. Soprattutto degli ultimi tempi, di quello che puoi aver sentito in casa di insolito o di anomalo.»

Forse Massimo non avrebbe mai saputo distinguere una donna moldava da una ucraina o da una russa, eppure, vedendola riguadagnare la posizione eretta, aggiustarsi la mascherina e la cuffia sui capelli, ebbe la sensazione di riconoscerne i tratti etnici: non si fosse leggermente appesantita, Alba era una donna di terra e di fiume, dalla pelle diafana, il rosso dei capelli affaticato, le mani candide. Sorrise, ma quel sorriso sembrava cedere all'impellenza di una smorfia:

«Ah. E a che si deve, questo improvviso interesse? Un po' tardivo, non trovi? Perché non ricordo telefonate, visite, messaggi in cui chiedevi come stesse il bambino o...»

Massimo l'interruppe, secco:

«Ascoltami bene, una volta per tutte. Sono consapevole di non essere stato un buon padre, e tantomeno un buon nonno. Non posso riparare a questo, e forse non ho nemmeno il carattere giusto per provarci. Ma voglio capire che cosa è successo. Lo devo a Cristina, lo devo a Checco. E lo devo anche a me stesso. Per cui, ti prego, ascoltami.»

Alba non si aspettava quella reazione, che non era stata veemente ma diretta e decisa.

«Perché dici questo? Lo sappiamo che cosa è successo, no? Un incidente, una maledetta disgrazia. La mia signora e il marito sono morti, e il mio piccolo cucciolo è qui che dorme, e chissà se e quando si risveglierà. Che significa, che cosa vuoi capire? A che cosa pensi?»

Massimo doveva prendere una decisione: o confidare ad Alba i sospetti, anzi le certezze, di Caruso e averla alleata nel carpire quel che era rimasto insondato negli eventi, o piuttosto cercare di cavare, interrogandola senza esacerbarne l'animosità e la diffidenza, le informazioni che gli servivano.

La seconda via gli era preclusa, non possedeva le risorse necessarie: non era diplomatico neanche quando viveva all'interno della società civile, figurarsi adesso che si era cristallizzato nella solitudine da anni.

Entrò nella stanzetta una giovane terapista che chiese spazio e praticò alcuni esercizi di ginnastica passiva per mobilizzare le articolazioni del ragazzino. Ogni gesto era esatto: che gli sollevasse la nuca o agisse sul ginocchio, le mani si muovevano sicure e delicate. Quando uscì, salutando, Massimo provò ad armarsi della stessa delicata pazienza e decise di parlare ad Alba con sincerità e senza riserve, menzionando quello che era emerso dal dialogo col poliziotto.

Le disse di quando se lo era trovato vicino al funerale, dell'incontro di quella mattina presto, della passeggiata sul lungofiume. Le comunicò per filo e per segno le conclusioni alle quali era arrivato Caruso, e non trascurò di farle intendere che, secondo lui, gli aveva gettato quel fardello sulle spalle per liberarsene.

Erano anni che Massimo non parlava così a lungo e in una volta sola. La donna lo ascoltò con crescente sorpresa, e poi con visibile dolore. Alla fine non riuscì a trattenere le lacrime. Se le asciugava con un gesto nervoso della mano, come fosse infastidita dalla sua debolezza e dalla vergogna che ne conseguiva.

«E quindi» concluse Massimo, «abbiamo di fronte due ipotesi. Solo due. La prima è che questo Caruso abbia preso una cantonata; l'altra è che in quella macchina sia successo qualcosa che non sappiamo. Dobbiamo scegliere a quale credere.»

Alba cercava di pensare in fretta secondo una nuova prospettiva. Massimo apprezzò l'evidente desiderio di digerire rapidamente e far suo quello che aveva appena saputo.

«Veramente ce ne sarebbe una terza. Che il poliziotto abbia qualche interesse a dire quello che ha detto, o che lo abbia mandato qualcuno.»

Massimo scosse lievemente il capo:

«Non credi di esagerare con questa teoria del complotto universale? E a chi servirebbe? Quale sarebbe, l'interesse?»

La donna fece segno a Massimo di sedersi, gli si avvicinò con la seggiola e abbassò la voce:

«Sei tu che non ti rendi conto degli interessi che girano attorno a questo letto. La famiglia Petrini, e quindi tu, che lo voglia o no, siete i proprietari di questa città. Le proprietà del dottore e della signora adesso sono in mano a Checco.»

Massimo rispose con un'alzata di spalle:

«Io ragiono, Alba. E sono abituato a farmi un'idea solo avendo acquisito tutti gli elementi che posso. Quello che dici può essere vero, ma può anche essere vero che Caruso abbia ragione. E allora ti chiedo ancora: nell'ultimo periodo hai notato qualcosa di diverso, a casa di mia figlia?»

La donna fece per rispondere decisa, ma poi si fermò. Sul volto passò l'ombra di un dubbio, e Massimo non poté fare a meno di rilevarne l'estrema espressività.

«Tu che intendi per ultimo periodo? Proprio gli ultimi giorni, o un tempo più lungo?»

«Perché mi fai questa domanda?»

Alba lanciò uno sguardo al volto tumefatto e fasciato del bambino. Era un gesto che faceva spesso, come se avesse bisogno di accertarsi che Checco non l'ascoltasse.

«Qualche mese fa, direi prima dell'estate, il dottore ha avuto un momento che mi sembrò strano. Solo questo.»

«In che senso strano?»

La donna corrugò la fronte:

«Io ci ho parlato raramente, a dire la verità; lavorava sempre, era poco a casa, la signora ci scherzava su. Però, quando due volte al giorno lo incontravo, era sempre allegro. In maniera riservata, aveva un carattere non molto aperto, ma si vedeva che stava bene. Be', da maggio, più o meno da maggio, cambiò moltissimo.»

Massimo la incalzò:

«Cioè?»

«Sembrava che nemmeno mi vedesse. Non salutava. Io credevo addirittura ce l'avesse con me. La signora mi disse di non preoccuparmi, che si trattava di questioni di lavoro. In dieci anni non era mai successo. E una volta, anche con Checco...»

Massimo attese, paziente. La osservava, non perdeva un dettaglio del suo viso, di come si portava le mani sul petto, di come cercava una posizione comoda sulla seggiola.

«Lui, il bambino» ricominciò Alba, «ha lo stesso carattere del padre, non è estroverso, è riflessivo, si fa i fatti suoi. Ma quando il dottore tornava a casa aveva l'abitudine di correre e saltargli addosso, una specie di gioco tra loro, facevano così da quando aveva imparato a camminare.»

La voce le si spezzò.

«E quella volta, proprio in quel periodo, lo ha spinto via. Lo ha spinto e ha alzato la voce. Da allora Checco non gli si è più avvicinato con entusiasmo. E sai che mi ha detto?»

Massimo chiese, piano:

«Cosa ti ha detto?»

Alba rispose, gli occhi pieni di lacrime:

«Che forse era diventato grande e per questo il suo papà non lo prendeva più in braccio.»

Entrambi guardarono il bambino, che combatteva la sua battaglia.

«E poi?» riprese il professore. «Che altro?»

«Io ne parlai con la signora, però lei non ci diede peso. Anche lei in quel periodo era strana, mi sembrava... distratta. Poi vennero da te, nell'isola, e io andai al mio paese. Al ritorno tutto era come prima, il dottore stava meglio.»

Massimo domandò:

«E Cristina?»

Alba sembrò assorta nel ricordo. Poi disse:

«Sai, adesso che mi ci fai pensare, la signora sembrava sempre un po'... svagata. Non di cattivo umore, anzi. Sorrideva sempre, ma io la sentivo disattenta. Ricordo di averlo pensato, di frequente. E una volta, una sola però, sono arrivata a casa e aveva un'espressione triste. Come se avesse pianto. Un mese e mezzo fa, più o meno. Mi fece capire di avere due lineette di febbre, e infatti passò la giornata in camera sua, io le preparai del latte caldo col miele.»

Il professore non perse una parola:

«E quanto durò, questa... influenza?»

Lei gli restituì lo sguardo, sulla difensiva:

«Solo quella giornata. L'indomani stava bene.»

«E non ti ha detto niente? Nessuna confidenza, per esempio sul marito?»

Alba scosse il capo. Massimo allora chiese:

«Con chi potrebbe aver parlato? C'era qualcuno con cui si confidava, con cui si lasciava andare?»

La donna rispose con certezza:

«La signora Cristina seguiva l'associazione, quella di aiuto agli immigrati. Era spesso là. E parlava con una sola amica, la signora Monica Lezzi. Se c'era qualcosa di segreto, o se l'è portato dov'è adesso o lo ha raccontato a lei.»

XXII

Ed eccoci di nuovo da soli, signor Petrini Francesco detto Checco, di anni nove. Con un sacco di nuovi pensieri, con un sacco di nuove situazioni, che ti riguardano ma che ancora non conosco, che ancora non posso raccontarti.

Che, a ben vedere, nemmeno so se ti potrò raccontare mai.

Forse dovrei parlare di quello che ti piace, chissà, magari funzionerebbe meglio. Forse dovrei cercarmi una bella storia di quelle che piacciono a voi bambini di adesso, che so, supereroi, mostri, guerre interplanetarie. Forse dovrei provare a recitare, a fare le voci dei personaggi. Ma non mi riconosceresti, e sarebbe inutile.

Forse dovrei parlarti di noi, delle mattinate in cui mi accompagni a pescare, quando ti accucci a un paio di metri e aspetti che abbocchi un pesciolino da catturare con quelle stesse mani che adesso non vedo, perché stanno sotto le coperte. Ho visto, sai, come te le tiene la fisioterapista, come con le sue dita stimola le tue, o addirittura te le accarezza, ho visto come tiene sollevata la tua mano dentro il suo palmo e poi la appoggia piegando il polso con delicatezza. Io non sarei capace. Meglio tornare alla pesca. Ma è davvero la scelta migliore? Perché parlarti del nostro mare, se ce ne stiamo sempre in silenzio quando andiamo a pescare? Non si racconta il silenzio, almeno non credo. Quindi no, non parlerei della pesca.

Forse dovrei dirti dei ricordi che ho di te, ma credo sia meglio evitare, ti pare? Perché se è vero che si possono contare sulle dita di una mano le volte che ti ho preso in braccio, è anche vero che posso contare facilmente le volte che ti ho baciato. Zero. Perché quando arrivi sull'isola per le vacanze me lo dai tu, un bacio qui sulla barba. E un altro quando te ne vai. Io mai.

Che strano nonno che ti è capitato, signore. Immagino che anche qui, in questa città così fredda e con così poca gente per strada, i nonni bacino i nipoti. Che li accompagnino a scuola, che li vadano a prendere. Che se li tengano la sera, per consentire ai genitori di andare a cena fuori. Tu invece no, signore. Tu hai una nonna con l'Alzheimer e un nonno sociopatico, che sta bene quando sta da solo.

Avrei tanto da chiederti, invece. Vorrei sapere che cosa hai imparato qui. Sai riconoscere gli alberi della pianura? Sai come è fatto un olmo? E un pioppo? E un carpino? Sei mai stato in un campo di granturco? Hai mai sentito la segale sfiorarti i polpacci? E il grande fiume? Ah, su quello soltanto tu potresti insegnarmi qualcosa.

E allora, di che ti parlo ora che la tua tata è andata a riposare? Poverina, sta qua tutto il tempo e sarebbe ancora qui a fare la guardia alle tue flebo, terrorizzata da chissà quale assassino in camice. Chissà di che cosa ti parla lei. Che ti racconta, bisbigliando ininterrottamente. Devo ricordarmi di chiederglielo.

Vedo dal monitor che la tua frequenza cardiaca è costante. Sento dal cicalino che respiri regolarmente. Per un matematico questo significa cose diverse da quelle che vede un medico. Per un matematico, si tratta di geometria frattale.

Da tanto tempo, sai, la geometria frattale è applicata ai processi fisiologici. Perché se fai un passo indietro, e guardi le cose con equilibrio e senza pregiudizi, è tutta questione di matematica. Sempre. E quindi, queste sinusoidi e questi numeri, questi colori e perfino le gocce che cadono nel tubicino che si immerge sotto le coperte e nelle vene del tuo piccolo braccio, il cicalino su tre toni che scandisce il tuo respiro, be', signore, è tutta matematica. A saper guardare.

Si potrebbe immaginare che un buono stato di salute sia da associare alla regolarità. Le funzioni organiche, il ritmo cardiaco, il respiro: tutto regolare. Ma non è così, sai. Il cuore, per esempio, ha una serie di movimenti determinati da un insieme di stimoli e di reazioni che, anche e soprattutto in un soggetto sano, in uno che sta bene, portano a una grande irregolarità. Si chiama caos deterministico, ed è una risonanza che regola l'universo, si trova anche nelle stelle, che si vedono per addensamenti e vuoti.

Pensano tutti che un matematico cerchi la regolarità, e invece è proprio il contrario. Un matematico guarda le cose senza pregiudizi, e conta. Solo questo: conta. Se tu, piccolo signor Petrini Francesco detto Checco, perdi il tuo caos, quel monitor presenterà la massima regolarità, che è una linea dritta. La regolarità è morte, l'irregolarità è vita. È questo che spiega la geometria frattale, capisci? L'insufficienza cardiaca, la fibrillazione, sono molto regolari. Sarebbero facili da osservare, prima che dichiarino la fine della lotta. Invece guarda là che bellezza il tuo monitor: non è possibile risalire a una scala temporale, semplicemente perché ogni porzione della curva è simile alla curva intera e, se decidessimo di allargare lo spettro dell'esame, il ritmo si mostrerebbe ancora più minutamente frastagliato.

E pure il sangue, che circola nel tuo corpo secondo flussi che generano tutti quei bei grafici sul monitor e che anima anche il cicalino a tre toni, passa attraverso una rete di vasi la cui struttura, signore, è, ti sorprenderebbe se fossi sveglio, assai simile a quella della distribuzione delle galassie. Non mi credi, eh? Invece è così. Lo dice un famoso astrofisico, famoso per me che leggo queste cose, naturalmente, cioè in televisione non lo trovi, un certo Zel'dovič. Se misuri un po' di diametri delle cellule che rivestono i capillari, ci trovi una rete simile a quella ricostruibile tra le stelle. Bello, no?

E un altro piccolo miracolo della matematica sei proprio tu, signore. E la tua simmetria. Perché se misuriamo, quando il tuo sviluppo sarà completo, la distanza che va dai piedi all'ombelico e la moltiplichiamo per il numero phi che è esattamente 1,618, otteniamo la tua statura. E se moltiplichiamo per lo stesso phi la distanza dal gomito alla mano, otteniamo esattamente la lunghezza del braccio.

Quando insegnavo, a questo punto testavo l'effettiva intelligenza degli allievi. Perché in molti dicevano, o pensavano (ma io me ne accorgevo con assoluta chiarezza):

professo', ma perché perdere tempo se possiamo misurare direttamente l'altezza, o la lunghezza del braccio?

È questo che fa la differenza tra un matematico e il
resto della gente, vedi, signore. Il matematico va al di là.
Guarda le relazioni, i rapporti, mette a confronto e trova
le leggi, le regole. Va a fondo, non si ferma alla prima
evidenza. È questo l'errore che ho fatto io l'altro giorno,
quando il tuo medico mi ha chiesto se volevo tenerti in
questo mondo o lasciarti andare. Mi sono fermato alla
prima evidenza, al ragionamento più superficiale: perché
restare qui a guardarti attaccato a un monitor e al cicalino
a tre toni, senza tua madre e tuo padre, senza sapere se
mai riaprirai gli occhi, e senza poter immaginare cosa
sarai quando e se ti risveglierai?

Era giusta la risposta di Alba, invece. Non fermarsi all'e-
videnza, andare a fondo, cercare i rapporti segreti, i numeri che regolano tutto, i legami di base. Da qualche parte, dentro di te, c'è una frazione sbagliata; un'equazione
che cerca disperatamente di rimettersi a posto, in relazione corretta con tutto il resto. Lei, la tua tata, coi sentimenti ha capito questo, e l'ha capito prima di me.

Questo mi porta, signore, a parlare di sentimenti. Che
per un matematico può sembrare strano, e invece non
lo è. Perché i sentimenti spesso si basano su quello che
chiamiamo intuito, che in effetti è solo rapidità di calcolo, velocità di esame delle componenti di una questione.
Alcune persone sono dotate di questa capacità, di una
particolare attitudine a mettere in relazione gli elementi
e a trarre conclusioni che apparentemente non sono frutto di una costruzione.

I sentimenti spesso sono questo. È stato provato, ci
sono studi specifici. Se tu, signor Petrini Francesco detto

Checco, dovessi giudicare le risposte del tuo computer dalla velocità con cui arrivano, saresti portato a dire che quella macchina ha uno straordinario intuito, e invece è solo un processore di generazione avanzata che fa il suo lavoro. Magari Alba alla fine ha un processore, e ha visto dove il tuo medico e io non siamo stati capaci di arrivare: la tua equazione sbagliata, che si rimetterà a posto. Forse.

E forse, dico forse, c'era un'equazione che non tornava anche nella macchina dei tuoi, quando è andata addosso al camion. Basta che i numeri non obbediscano a una sequenza corretta e nulla più tiene. E, signore, bisogna capire dove la sequenza si è perduta, perché si può ricostruire. È lì che dobbiamo essere bravi, signore. È proprio lì. Io non sono e non sarò mai come l'allievo che dice che è più comodo misurare la lunghezza del braccio. Io devo scomporre, e trovare il punto in cui i rapporti sono saltati.

Non sono stato un nonno come gli altri, no. E nemmeno ho saputo fare il padre, è vero, signore. Ho delegato, c'era Maddalena, la nonna che non hai mai conosciuto, bastava lei; e Cristina era una donna, figurarsi se mi sono mai posto il problema di capire come stava. Se aveva bisogno di me.

Adesso, naturalmente, non posso fare più nulla per lei. Questo è evidente. Ma tu sei qui, in quelle sinusoidi colorate che sembrano regolari ma che per fortuna non lo sono; e in questo cicalino a tre toni che fino a ieri mi sembrava fastidioso e che ora è diventato addirittura rassicurante. Tu sei qui, nell'intuizione di Alba che magari è un calcolo velocissimo, e in qualche equazione nascosta che forse ti riporterà indietro, e che mi consentirà di provare a fare il nonno, non avendo saputo fare il padre.

Per te una cosa la posso fare, signor Petrini Francesco detto Checco, di anni nove.

Per te posso provare a capire perché è successo quello che è successo.

A scoprire i rapporti. I numeri segreti.

Ci posso riuscire.

XXIII

Poco prima di uscire per lasciare il posto ad Alba, che peraltro era arrivata con il solito anticipo, Massimo vide entrare nella stanza di Checco la direttrice dell'ospedale, Michela Santi, con tanto di camice e cuffia.

La donna lanciò un'occhiata al piccolo paziente:

«Professore, buonasera. Volevo confermarle che i parametri del bambino sono stabili, ma che l'EEG non reca variazioni. Insomma, non siamo ancora in grado di fare una prognosi, però le posso assicurare...»

Massimo la interruppe:

«Dottoressa, per quale motivo continuate a ripetermi le stesse cose? Sono sicuro, siamo sicuri che mio nipote è seguito adeguatamente, la sistemazione è più che accettabile, passa un medico ogni ora e un infermiere ogni quarto d'ora, davvero non capisco perché questa che, mi scusi, sembrerebbe ansia.»

La dottoressa arrossì:

«No, nessuna ansia, professore. Abbiamo molto a cuore le sorti del bambino, come di ogni nostro paziente, per carità, ma siamo anche consapevoli che ci si potrebbe immaginare di avere maggiori garanzie in un ospedale più grande, in una struttura più nota. Invece non è così, mi creda, e d'altra parte un trasporto in queste condizioni è drasticamente sconsigliato. Per questo mi sono permessa di ripetere cose già dette, e a questo punto consiglio davvero di riflettere sulle ultime considerazioni.»

Alba, che per tutto il tempo l'aveva fissata con la solita malcelata diffidenza, intervenne:

«Un consiglio disinteressato, certo. Guarda, professore, che arrivando ho visto che nell'atrio dell'ospedale c'è Pancaldi in attesa. Secondo me ti sta aspettando. Vai, tranquillo, adesso qui ci sono io. E finché ci sono io, a Checco non succede niente.»

La Santi la fulminò, mormorò un saluto e uscì. Alba la seguì con lo sguardo, poi disse a Massimo abbassando la voce:

«Non ti sembra strano che si ostinino a tenerlo qui? Io comincerei a informarmi su come trasportarlo da un'altra parte.»

Il professore le sorrise:

«Te l'ho detto, sei paranoica. Ma non ti preoccupare, ho intenzione di andare a fondo un po' su tutta la situazione. Come hai detto che si chiama l'amica di Cristina con cui probabilmente si confidava?»

Massimo avanzò verso l'uscita dove, come da preavviso, si trovò al cospetto di un infreddolito Pancaldi che lo attendeva. Fuori si intravedeva l'autista chiuso in macchina, nella neve che cadeva fitta.

«Professore, eccola qui. Mi sono permesso di offrirle un passaggio: da qui all'hotel, con questo tempo, non è un percorso sicuro. Come sta il povero Francesco?»

Massimo fece un formale cenno di saluto:

«Credo che lei sia perfettamente informato in merito alla salute di mio nipote, o sbaglio? Perché in quel caso l'avrei sottovalutata, Pancaldi, e a un insegnante non è consentito sbagliare valutazione.»

L'ometto parve spiazzato, ma si riprese subito esibendo una risatina nervosa:

«No, no, certo che siamo informati, ci mancherebbe. E del resto la dottoressa Santi ci rassicura puntualmente sull'attenzione che lei e il suo staff dedicano al povero Francesco. Come le ho detto, l'ospedale è in obbligo...»

«Verso la famiglia di mio nipote, sì, me l'ha detto. Che comunque non è povero. Eviti quell'appellativo, per cortesia. Io, per ora, mi sento tranquillo. Piuttosto vorrei parlare con lei di altre questioni, se permette.»

A Pancaldi riuscì di manifestare sollievo e preoccupazione nello stesso tempo:

«Ah, ma certo, giustamente, ha ragione. Possiamo fissare un incontro in ufficio, così le mostro con piacere quello che...»

Massimo scosse il capo:

«No, no, non mi riferivo a quelle questioni, almeno non ancora. Mi interessa sapere di mio genero. Che periodo è stato, per lui, quello che precede la scorsa estate? Ho ragione di pensare che abbia avuto delle difficoltà?»

Pancaldi fece quasi un mezzo balzo indietro, come se fosse stato colpito in piena faccia. Si guardò attorno, quasi temesse di essere sorvegliato, e disse:

«Lei ha tutti i diritti di fare domande ma, se permette, ne parlerei in auto, mentre l'accompagno. Staremo più comodi.»

Nell'abitacolo c'era al solito una temperatura tropicale. Massimo si tolse il soprabito, mentre Pancaldi tenne il suo senza slacciare nemmeno un bottone.

«Come vi invidio! Voi avete un clima meraviglioso. Quando andrò in pensione anch'io, le assicuro, troverò un paese dove è estate dodici mesi all'anno. Senza alcun rimpianto.»

Massimo ribatté, sbrigativo:

«Certo, certo. Allora, Pancaldi, la domanda è semplice. Mi risulta che mio genero, la scorsa primavera, abbia attraversato un periodo di forte stress. Risulta anche a lei? Mi saprebbe dire per quale motivo?»

Pancaldi strinse le labbra, gli occhi tondi e inespressivi, dietro le lenti, fissi sul paesaggio imbiancato. L'autista guidava pianissimo, tenendosi sul lato destro della strada.

«Professore, nella vita di una grande azienda ci sono stagioni, periodi, tempi che variano con il variare delle strategie e delle procedure di *governance*. Io non ho dubbi che lei sia perfettamente in grado di comprendere, tanto più se dovrà accettare il ruolo occupato da suo genero...»

Massimo alzò la mano, secco, e interruppe Pancaldi:

«Mi scusi, ma a me non sembra che lei stia rispondendo alla mia domanda. Io le ho chiesto se era a conoscenza del fatto che mio genero fosse nervoso prima dell'estate, e perché. Non vedo cosa c'entri la mia posizione nei confronti dell'azienda.»

L'altro tacque, prendendosi il tempo per modulare il proprio pensiero:

«E invece le sto rispondendo, professore. E la risposta è articolata e complessa, se vuole sapere i perché e i per come. Se vuole invece una sintesi, allora sì, è vero, suo genero e tutti noi che eravamo al corrente della situazione abbiamo passato un gran brutto momento tra maggio e agosto di quest'anno. Un periodo molto difficile per l'azienda.» Fece una pausa che doveva suonare significativa. «Per la prima volta in cento anni l'azienda, la nostra azienda, si è trovata sul punto di chiudere.»

Massimo cercò di contenere il moto di sorpresa: «Davvero? Ma come? Io credevo che la posizione della società fosse più che solida.»

«Esatto, professore. Ed è necessario che così sembri a tutti, le notizie che le do sono assolutamente riservate e non debbono trapelare in nessun modo, se vuole bene a suo nipote e se vuole che la memoria del suo povero genero resti onorata. Siamo quotati in borsa, e se si sapesse delle difficoltà che abbiamo avuto e per certi versi abbiamo ancora, sarebbe una tragedia. Non so dirle quante notti abbiamo passato in ufficio a cercare soluzioni, la scorsa estate.»

Massimo si sforzava di assumere quei dati per inserirli nel quadro generale. Gli sembrava che si trattasse di variabili importanti.

«Mi spieghi, Pancaldi. Magari a grandi linee, ma mi spieghi.»

L'uomo lanciò un'occhiata all'autista e disse:

«Naturalmente tutto è stato risolto, professore, sia chiaro. Non abbiamo più problemi, e possiamo guardare al futuro con una certa fiducia.»

L'altro comprese l'antifona e replicò:

«Tuttavia, Pancaldi, io vorrei saperne qualcosa in più. Non in ufficio, per cortesia, e tantomeno in ospedale. Senta, è più o meno ora di cena, qui mangiate presto, vero?»

Pancaldi provò un senso di gratitudine:

«Ma certo, professore. È un piacere cenare con lei. Io

ho un tavolo sempre riservato in una saletta del miglior ristorante della città, per le cene e i pranzi d'affari. Mi permette d'invitarla?»

Confermando le ragioni di cautela del suo vicepresidente, senza ulteriori indicazioni l'autista sterzò in una via laterale.

XXIV

Girò la chiave nella toppa ed entrò in casa.

Era tutto buio, non c'era nemmeno il riverbero di una luce lasciata accesa nell'appartamento. Avvertiva una oscura famigliarità con l'ambiente, tanto più forte forse proprio perché ancora tutto immerso nell'invisibilità. Accese la luce, e la ricchezza, anzi il lusso, si manifestò senza sorprese. Il legno pregiato, a colloquio con vetro e metallo, apriva uno spazio di impeccabile essenzialità che culminava nella scala – anche lì legno e metallo – che portava al piano superiore. Chi aveva disegnato quegli spazi veniva dal Nord Europa, dalla sapienza di residenze che si faticava a immaginare vissute, ma che era facile vedere fotografate su riviste specializzate, fari del gusto contemporaneo. Non c'era nessuno. Lui sospirò, e scosse il capo.

Si liberò della borsa di pelle, si tolse il soprabito, lo gettò sulla spalliera di un lungo divano ad arco che avrebbe potuto comodamente mettere in fila una dozzina di ospiti. Si allentò la cravatta. Faceva caldo, lì dentro.

Si avviò di sopra. Era un bell'uomo, un cinquantenne in forma con fluenti capelli castani solo un po' imbiancati alle tempie, magro e atletico: ma il passo era stanco e le spalle, sulle quali sembrava gravare un peso intollerabile, tradivano un umore pessimo.

Entrò in una stanza immersa nel buio, ma questa volta non accese la luce, si tolse la giacca e l'appese a memoria a un gancio sul muro. Poi si lasciò cadere sul letto, senza togliersi le scarpe:

«Non ha senso continuare così» disse, «non doveva succedere, ma è successo. E prima capiamo come fronteggiare la situazione, meglio è.»

Dalla sua sinistra venne una cupa voce di donna:

«Lo sai benissimo anche tu che non si può far fronte a questa situazione. Non possiamo fare niente, non più. Ormai il nostro destino non è nelle nostre mani.»

Lui si drizzò a sedere, di scatto:

«E no, adesso non te ne puoi uscire così, cazzo. Nessuno può, ma tu ancora meno degli altri. Sei tu quella che ha avuto il modo di...»

La voce della donna non lo lasciò continuare e si esibì in qualcosa che era a metà strada fra un ringhio e un singhiozzo:

«Non ricominciare. Ti prego, non ricominciare. Sono due giorni che ripeti questa stronzata, fingendo di non sentire quello che ti dico, o di non capire le mie parole. Io non ho colpe, capisci? Se ci fossi stato tu, al posto mio, non sarebbe cambiato niente. Niente.»

Lui tacque, cercando di stemperare la rabbia. Si girò nel letto e fece:

«Forse è vero: forse sarebbe accaduto ugualmente. Non dico di no. Ma tu, e questo lo devi ammettere, maledizione, avresti potuto dirmelo prima. Avresti potuto informarmi, e consentirmi di cominciare a prendere qualche contromisura.»

I suoi occhi, abituati al buio, distinguevano la forma della

schiena di lei, che, poggiata su un fianco, contemplava la finestra
che dava sul giardino, sulla notte, sulla neve che cadeva lenta.

«E che cosa avrei dovuto dirti? Quando ti parlo di cose che
non hanno a che fare con soldi, casa e patrimonio tu non ascolti. Mi senti? Lo sai da quanto tempo non parliamo veramente? Lo sai da quanto tempo non ci diciamo nulla di quello che
sentiamo? Che ne sappiamo di sentimenti, ormai? Ne sappiamo qualcosa?»

Lui indovinava, dentro la complice oscurità, il disegno del
suo corpo, gli bastava la morbida eleganza delle spalle, l'incavo
della vita, la curva dei fianchi per riconoscere – come gli spazi dell'appartamento – qualcosa che gli apparteneva. Lei aveva
nominato i sentimenti e lui era allibito:

«Ma che c'entra? Hai capito di che cosa stiamo parlando?
Che cazzo c'entrano, adesso, i sentimenti e le passioni? Non
hai capito in che situazione ci troviamo, adesso?»

Inaspettatamente dal buio gorgogliò una risatina amara:

«E invece, guarda un po', c'entrano proprio i sentimenti e
le passioni. Sono loro il motore di quello che è successo, e tu
sei così ottuso che ancora non lo capisci. Se fossi venuta da te
a raccontarti quello che ora mi accusi di non averti detto, alla
seconda parola avresti messo il pilota automatico.»

Lui era rimasto a bocca aperta, come se le stesse davanti:

«Il pilota... ma che dici? Di che stai parlando?»

«Credi che non me ne accorga? Sei diventato un artista di
mugolii, di cenni col capo, di mezzi sorrisi di finta comprensione.
Tu, una volta che credi di aver capito l'argomento, mandi
tranquillamente la testa a farsi i fatti suoi e non senti una parola
di quello che dico. E avresti fatto esattamente la stessa cosa, se
io avessi provato a dirti quello che sai.»

Lui si appoggiò sui gomiti:

«Io veramente non riesco a crederci. Sembra che la faccenda

riguardi solo me, i miei soldi, la mia posizione, il livello raggiunto da tre, dico tre generazioni di questa famiglia. Sembra che non ti riguardi, che non ti interessi la prospettiva di dover vendere tutto, anche questa casa, di rinunciare ai tuoi ricevimenti, al tuo shopping compulsivo, ai tuoi viaggi. Io mi faccio un mazzo così per assicurarti il benessere, e tu? Tu, l'unica cosa che dovevi fare non la fai.»

Lei, tradendo una fatica profonda, si voltò:

«Ah, sì? Avevo un compito, quindi? Interessante. E che compito avevo, senza saperlo? Scusa ma mi sfugge. Dimmi, dimmi pure.»

Nella voce dell'uomo tremava una sorda rabbia:

«Quello di dirmi immediatamente se c'era un problema, dannazione! Se c'era un pericolo, se poteva succedere qualcosa che rischiasse di mandare tutto per aria! Lo capisci o no che in quella cazzo di società ci ho messo tutto quello che abbiamo? Lo capisci che siamo sull'orlo di un baratro, e che per colpa di quella terrona di merda, di quella inutile mantenuta, adesso probabilmente perderemo tutto, che siamo nelle mani di un vecchio pazzo che gioca a fare il pescatore su un'isola deserta? Ma ti rendi conto?»

Lei lo fissava con gli occhi pieni di lacrime, scuotendo il capo. Non poteva vederla, ma sul suo volto azzerato dal buio c'era una sconfinata amarezza:

«Niente. Non ci arrivi proprio. Non ti rendi conto. Allora te lo ripeto, come quando te l'ho raccontato tre giorni fa. Lei era una persona decisa. Ci metteva tempo a maturare una decisione, questo sì; diceva che era come il padre: se non aveva tutti gli elementi non si muoveva. Con me si confidava, parlava, certo: però io non potevo minimamente influire.»

Ora erano faccia a faccia:

«Ma che vuol dire?» fece lui stridulo. «Se una donna si confida con un'altra vuole un consiglio, un'indicazione, altrimen-

ti perché lo fa? Confidarsi con te magari era una richiesta di aiuto, magari voleva che tu le dicessi sei pazza, ma che credi di fare, ti prego torna in te, cose del genere!»

Lei rise, amara:

«Sei superficiale. Sei stupido. Si ha bisogno di parlare per sentire il suono della propria voce, a volte. Lei, lei era sola. Questa città di merda non l'ha mai accolta veramente, te lo posso assicurare.»

«Ma se era la più ricca, la più in vista, la più invidiata di tutte! Non venirtene con la solita menata della solitudine delle principesse, questa Lady Diana del cazzo!»

Lei tornò a dargli le spalle, avida di silenzio. Eppure ebbe ancora la forza di bisbigliare:

«Invidia. Leccarle i piedi, corteggiarla per ottenere soldi, invitarla per l'attenzione riflessa non significava accettarla. Io ero l'unica amica che aveva, e sai perché? Perché riesco a vedere le persone al di là di quello che sembrano. Concetto difficile, eh?»

Lui grugnì:

«Cazzate. Sei una psicologa da strapazzo. Resta il fatto che tu eri l'unica ad avere l'occasione di impedire tutto questo, e non hai mosso un dito.»

Questa volta lei non si limitò a girarsi, gli balzò sopra, lo inchiodò al letto e gli affondò le unghie nelle braccia:

«Io, eh? E tu? Tu, che giocavi al maledetto padel con lui ogni giovedì? Che ci pranzavi praticamente ogni giorno? Che ci andavi in viaggio per lavoro? Questo almeno era quello che dicevate. Non è che tu potevi capirci qualcosa? Non potevi impedirlo, tu, dall'alto della tua concretezza, dell'intelligenza e della sensibilità che mi accusi di non avere?»

Lui si divincolò, e scese dal letto massaggiandosi dove lei lo aveva chiuso nella morsa delle mani:

«Tra maschi non ci si confida. Tra maschi si ha pudore a par-

lare di certe cose. E lui, lui mi pareva tranquillo, il momentaccio era passato. Quando le banche hanno accettato, quando le perizie tecniche sugli immobili sono finite, tutto sembrava a posto. Stavamo organizzando la vendita di quella società, tagliavamo il ramo secco e andavamo avanti. Ma tutto, tutto dipendeva da lui! Ora come cazzo faremo, me lo dici?»

«Non lo so, Federico» fece lei. «Non lo so. Ma una cosa te la voglio dire, e spero che stavolta mi ascolterai: non sottovalutare il vecchio. Non farlo. Da come lei me ne ha parlato, e non era una che si sperticava in complimenti, è molto intelligente. È un matematico, uno che non ha mai smesso di studiare. È strano, ma non è certo il selvaggio che racconti tu. Non lo sottovalutare.»

Lui tacque per un po'. Poi, quasi tra sé, disse:

«Come se la mia opinione contasse qualcosa, Monica. Ora dipende tutto da lui. Tutto.»

XXV

Furono accolti da un compitissimo cameriere in livrea, che li accompagnò attraverso una sala semivuota fino a una porta chiusa. La aprì, restò sulla soglia e li fece entrare.

Massimo apprezzò la musica in sottofondo, le luci basse e i colori caldi dell'ambiente. Nella saletta c'erano due tavoli, uno lunghissimo per almeno una dozzina di persone e l'altro per due. La scelta fu obbligata, e il cameriere stappò una bottiglia di vino rosso che attendeva su una mensola di fianco.

Pancaldi prese il menu, e sorrise:

«Un po' pretenzioso, forse, come molte cose in questa città. Alla mia gente piace mostrarsi migliore di quello che è, devo ammetterlo. Le consiglio roast beef e purè, professore. Davvero ottimi. Il vino lo gradisce?»

L'altro si strinse nelle spalle:

«Pancaldi, sa quanto me che non sono qui per mangiare. La ringrazio per l'invito ma va bene qualsiasi cosa, purché finalmente ci parliamo con un po' di chiarezza.»

Il vicepresidente diede indicazioni al cameriere, poi sembrò trovare pace sulla sedia. Di lì a poco furono serviti.

«Sono d'accordo, professore. Ma mi dica, mi dica: da chi ha saputo come stava suo genero nella scorsa primavera? Forse da Alba?»

Massimo non rispose, si limitò a fissarlo.

«Capisco, e apprezzo la sua discrezione. È evidente, si tratta di una donna dotata di un grande spirito di osservazione. Anche se, allora, si tornava raramente a casa, le volte che il dottor Petrini ci riusciva, non doveva essere facile mascherare il suo stato d'animo. Quello che però mi incuriosisce veramente è come sia venuto a galla questo argomento. In fondo ha ben poco a che fare con tutto quello che è successo.»

Massimo si irrigidì:

«Mettiamo in chiaro una cosa, Pancaldi: vorrei essere io a fare le domande, e lei dovrà solo rispondere. Prendiamola come una piccola deformazione professionale. E diciamo che c'è una cosa che, più di tutte, mi interessa, ed è comprendere le circostanze precise in cui è accaduto l'incidente che ha portato alla morte di mia figlia. E di suo marito.»

L'ometto sussultò, forse non si aspettava un'uscita di tal fatta:

«Non capisco, professore. È stato un incidente, lo dice lei stesso, no? Quali dovrebbero essere le circostanze per cui...»

Massimo alzò la mano, per tacitarlo:

«Abbiamo detto che le domande le faccio io, Pancaldi. Altrimenti la ringrazio, me ne vado e cercherò altrove. In quel caso, però, non posso certo promettere discrezione e riservatezza, le pare?»

Ancora una volta Pancaldi trasalì; si arrese e restò in attesa.

«Dunque» disse il professore, «continui quello che mi stava dicendo in macchina. Che cosa è successo, nel maggio scorso?»

L'altro si ricompose come se fosse pronto a raccogliere le idee e cominciò a parlare:

«La cosa in sé è piuttosto banale, professore. E comincia tre anni fa. La nostra azienda, come appare evidente dall'esterno, è molto florida. È cresciuta stabilmente nelle mani del fondatore, il nonno di suo genero, poi di suo padre. Tutti hanno portato avanti il *core business*, che è la trasformazione dei prodotti agroalimentari del territorio. Ognuno ha aggiunto qualcosa, allargando i settori d'interesse. Semplicemente, suo genero voleva fare lo stesso: seguire la via dei suoi predecessori, secondo la stessa curva di crescita. Magari facendo anche meglio. Solo che le circostanze erano cambiate.»

«Che vuol dire, esattamente?»

Pancaldi tagliuzzava la carne nel suo piatto in pezzi sempre più piccoli, ma non aveva ancora portato nulla alla bocca.

«Voglio dire che una cosa è impiantare uno stabilimento a qualche chilometro di distanza, una cosa è acquisire un paio di cooperative nella regione confinante, una cosa è migliorare la logistica per essere più veloci nelle forniture rispetto alla concorrenza, una cosa è riuscire a penetrare nel mercato nordamericano, come hanno fatto le due generazioni precedenti; un'altra è provare a fare quello che ha voluto suo genero.»

Massimo non muoveva un muscolo:

155

«Sia più chiaro, Pancaldi. Abbia la pazienza che bisogna avere con un profano.»

L'ometto si strinse nelle spalle, e all'improvviso sembrò più vecchio: senza il cappotto in cui cercava riparo dal freddo era una figurina minuta, quattro ossa malvestite.

«La generazione di suo genero, professore, non si è mai voluta rassegnare a muoversi in un solco già tracciato. I padri e i nonni erano contadini, dotati di una visione industriale, ma non dimenticavano di essere contadini. Non facevano passi più lunghi delle gambe, mai. Questi, invece, hanno studiato, conoscono l'inglese e le teorie di Keynes. Pensano: se mio nonno, che era pressoché analfabeta, ha fatto della sua azienda una intrapresa nazionale, e mio padre, che era sì e no diplomato, l'ha fatta crescere del trecento per cento, io, che conosco il mondo e ho gli strumenti, devo per forza fare meglio. E invece hanno fatto la fine di Icaro. Tutto qui.»

Il professore disse, piano:

«Ma se mi ha detto lei stesso che l'azienda è florida, e la posizione nel mercato...»

Fu Pancaldi a interromperlo, stavolta:

«Quella sì, professore. Quella sì. Ma suo genero e i suoi giovani soci volevano fare qualcosa che li rendesse memorabili. Volevano lasciare il segno. E hanno comprato una grossa azienda concorrente, che impediva l'ingresso nel mercato orientale. Una società molto nota, con sede principale nell'Europa dell'Est. Un'acquisizione che doveva essere silenziosa e graduale, per non sollevare l'attenzione di altri competitor. Un'operazione essenzialmente finanziaria, che avrebbe avuto risvolti industriali e che sembrava uno step di crescita importantissimo. Erano tutti entusiasti. Parevano bambini in un parco giochi. Avrebbe dovuto vederli.»

Massimo piegò la testa di lato, come volesse osservare l'interlocutore da una prospettiva diversa:

«Lei era contrario, vero, Pancaldi? A lei l'operazione non piaceva.»

Pancaldi sorrise, triste, senza alzare lo sguardo dal piatto.

«No, professore. Non mi piaceva. Io ho lavorato a lungo col padre di suo genero, il consuocero che non ha mai conosciuto. Era un uomo rude, diretto, fiero delle sue origini contadine. Diceva, in dialetto, che a pisciare fuori dal proprio podere si correva il rischio di essere presi a pallettoni. E aveva ragione.»

Tacque, per alcuni secondi, scuotendo piano la testa.

Massimo chiese:

«Che è successo, a maggio?»

Pancaldi alzò gli occhi:

«Una scatola vuota, professore. Quell'azienda era una vecchia, gloriosa scatola vuota, con un gran nome ma vuota. Una quantità enorme di debiti insabbiati venne fuori tutta insieme. Nessuna garanzia governativa, l'obbligo di non licenziare migliaia di dipendenti. Una carcassa in decomposizione. Un bagno di sangue, che ha ingoiato quello che di buono la nostra società aveva costruito in cent'anni.»

Massimo non spiccicò parola, la notizia era troppo esplosiva.

«Ma si poteva uscirne, no?» azzardò infine. «Si rivendeva, si metteva la perdita a bilancio e si ricominciava a produrre. Si assorbiva, ci saranno state riserve, capitali pregressi. Com'è possibile...»

Pancaldi tradì l'insorgere di un antico sentimento di rabbia:

«Facile, a guardare da fuori. Ma i soldi che erano stati usati, caro professore, non erano nostri. Erano delle banche, e dei creditori: la società aveva emesso obbligazioni, aveva sottoscritto un debito. Un enorme debito. Tutta la città, imprenditori ma anche commercianti, pensionati, casalinghe. Tutti, facendosi forti del nome dei Petrini, avevano comprato le obbligazioni per sostenere l'affare. Sembrò giusto, sembrò opportuno e sembrò conveniente, perché i tassi erano fuori mercato. All'improvviso, così come per cent'anni la famiglia aveva arricchito tutto il territorio, in pochi mesi l'aveva rovinato. Lo capisce, sì? Se ne rende conto?»

Massimo annuì, in silenzio. Pancaldi distese i lineamenti e riprese, di nuovo pacato:

«E il bubbone esplose a maggio, questo era il motivo del nervosismo del dottore. Ci sono state sere che... Insomma, lo tenevo d'occhio. Temevo che facesse qualcosa di folle. A volte io... Non sono bravo a dare conforto, sa. Io sono un contabile. Però un paio di volte mi sono permesso di ricordare a suo genero che aveva un figlio e una moglie. E che come eravamo entrati in quella situazione, ne saremmo usciti. Che almeno si poteva provare.»

Restarono un po' così, mentre Billie Holiday cantava sommessa dell'uomo che amava. Quello che Pancaldi non aveva detto, ma che Massimo aveva ugualmente capito, era il rimpianto per ciò che poi era comunque accaduto. *I'd rather be lonely than happy with somebody else...*

«E poi, cos'è successo?»

Pancaldi sorrise:

«È successo che suo genero ha tirato fuori il coniglio dal cilindro. Dopo giorni di terrore cupo, in cui pensavamo che avremmo dovuto chiudere, il dottore ha fatto quello che nel poker si chiama *all in*. Ha convocato le banche e i principali investitori e ha costituito a garanzia l'intero patrimonio. Tutto. Immobili, terreni, partecipazioni in aziende, depositi bancari, perfino i gioielli di famiglia, la villa dove abitava, il palazzo della madre. Tutto.»

Massimo era impressionato:

«Ed era sufficiente? Voglio dire, se l'operazione metteva a rischio addirittura la solidità di un'industria...»

L'ometto non aveva dubbi:

«Tre generazioni di arricchimento costante, professore. Cento anni di accumulo. Era sufficiente, sì. Le perizie sono state più generose del mercato, probabilmente: avesse dovuto vendere, non sarebbe stata realizzata una somma sufficiente. Ma gli investitori sanno che non conviene mai ammazzare la vacca perché per un giorno non ha dato latte. Volenti o nolenti, hanno dovuto puntare sulla crescita.»

«E quindi? Che è successo?»

Pancaldi si piegò in avanti, con una luce penetrante nei suoi occhietti:

«Ce la stavamo facendo, professore. Ci stavamo riprendendo. Ne saremmo usciti, perché la società è forte, molto forte. Ci stavamo progressivamente liberando di quella palla al piede, dismettendola un po' alla volta a pezzi. Il piano sarebbe dovuto durare cinque anni, alla fine dei quali avremmo ricominciato a crescere.»

Massimo corrugò la fronte:

«Perché parla al passato, Pancaldi? Se il piano di rientro sta avendo successo, perché...»

All'improvviso spalancò gli occhi, comprendendo.

«Tutto» fece Pancaldi, «tutto era basato sulla garanzia di suo genero, professore. Tutto era fondato su quella decisione segreta. Siamo aggrappati a Francesco, al fatto che sia sopravvissuto, e alla possibilità che le fideiussioni siano confermate dall'unico erede. Cioè, naturalmente, dal suo tutore.»

Massimo era rimasto a bocca aperta, e non diceva niente. Quindi Pancaldi continuò:

«Esattamente, professore. Da lei. È questo il motivo per cui, e mi scusi se glielo dico, tutto l'ospedale è stato allertato per tenere in vita il bambino. Noi dipendiamo tutti dal fatto che lei accetti la tutela, e confermi le garanzie che ha dato suo genero. Se sarà così, io le assicuro che entro poco più di quattro anni il patrimonio sarà integro, migliaia di lavoratori non perderanno il posto e questa città resterà prospera. Altrimenti sarà la rovina.»

Massimo accelerò il ritmo dei pensieri, ma nessuno di quei pensieri riguardava il patrimonio:

«Mi dica, Pancaldi, come stava mio genero adesso? Era stressato, addolorato, instabile?»

Pancaldi lo fissò, come se non stesse capendo:

«No, direi proprio di no. Anzi, essere riuscito a venir fuori brillantemente dalla situazione lo aveva reso euforico, felice. Mi diceva che ora poteva di nuovo guardare in faccia suo figlio e sua moglie, che amava sopra ogni cosa e che gli avevano dato la forza necessaria. Stava bene. Anzi benissimo. Come non lo vedevo da anni, perché si era anche liberato da quella voglia malsana di fare meglio di suo padre.»

Quindi, pensò Massimo, non era stato per il lavoro. Non

era stato per la rovina. Ma pensò anche a Caruso, che sosteneva: ha accelerato. È andato diritto, e ha accelerato.

Disse allora:

«Ho bisogno di parlare con una persona, Pancaldi. Mi deve procurare un appuntamento.»

XXVI

Ad Alba era rimasta un'abitudine di quando era un'adolescente a Floreşti, in Moldavia: portava il fazzoletto in testa.

Non indossava cappelli, nonostante il freddo e l'umido penetrante fossero intensi almeno come quelli del suo paese e scatenassero infreddature ed emicranie. Trovava più semplice e comodo proteggersi con un foulard di lana, magari colorato, che poi, entrando nei locali sempre eccessivamente riscaldati, si poteva sciogliere e riporre facilmente nella borsa o nella tasca del cappotto. Era più pratico di qualsiasi altro copricapo, e Alba era essenzialmente una donna pratica.

Anche se adesso il suo problema principale erano i sentimenti.

Camminava svelta sotto i portici del centro tenendosi addossata al muro, altro costume che si era portata dalla sua terra dove, per una donna inequivocabilmente toccata dalla bellezza, piuttosto che mostrarla era meglio dissimularla, lasciarla nell'ombra. Avrebbe dovuto comprare qualcosa da mangiare, a casa non aveva quasi niente. Il motivo era che fino a quando la sua vita non era radicalmente cambiata, fino alla catastrofe di qualche giorni prima, il monolocale attrezzato in cui teneva le sue cose era rimasto inutilizzato: di fatto Alba risiedeva in

casa Petrini, dove con ogni probabilità non sarebbe più tornata, se non per liberare la camera che vi occupava.

Non che ne avesse molta voglia, in verità. Più passavano le
ore, più le sarebbe stato insopportabile entrare nelle stanze in
cui aveva vissuto una serenità che ora scopriva essere stata il-
lusoria e provvisoria. Bastava così poco, a perdere tutto. Bastava un incidente.

Si chiese che ne sarebbe stato di lei; e si sorprese di non aver-
ci pensato mai, fino a quel momento. Quasi perse il ritmo del
passo, tanto fu dolorosamente luminosa quella domanda, che
s'era accesa come una fiamma dentro. Tutti i pensieri, le preoc-
cupazioni e l'attenzione erano stati fino a quel momento con-
centrati su Checco, sulle sue condizioni, sulla sua sopravvivenza. Solo su questo.

Rivedeva se stessa e il bambino passare per quella via, soprattutto nei giorni di pioggia. Lo teneva per mano e gli ripeteva: vivi in una città dove non piove mai, e alludeva al fatto
che in un posto così si poteva uscire senza ombrello e passeg-
giare senza ombrello. Gli raccontava che nelle città moldave,
anche nella capitale, portici non ce n'erano proprio. Ormai erano metropoli, gli diceva, sterminate metropoli. In campagna,
invece... Gli raccontava del fiume Răut, dove il padre la portava, o di qualche grande monastero immerso nel verde. Mi sono
lasciata tutto alle spalle, gli diceva. Ma hai trovato me, le rispondeva Checco.

Ora era chiaro, bisognava lasciarsi altra vita alle spalle. Il suo
destino era in bilico. Che cosa le sarebbe successo, adesso? Di
certo il bambino non aveva bisogno di lei, e chissà se ne avrebbe avuto più, bisogno. Alba era abituata ad ascoltare i propri
sensi, a intuire la sostanza delle cose al di là della forma: e, ben
oltre le parole dei medici, dei grafici sul monitor e del cicalino
della respirazione assistita, lei Checco non lo sentiva.

I lineamenti erano i suoi, certo. E man mano che gli ematomi si riassorbivano e i gonfiori andavano sparendo, il bambino era sempre più riconoscibile. Ma – e questo le causava un dolore di dimensioni tali da non poterlo nemmeno descrivere – in quel corpo il suo Francesco non c'era.

Era abituata a vederlo dormire. In nove anni aveva passato ore a vegliarne il sonno, quando aveva la febbre alta o qualche altro malessere dell'infanzia, o magari un incubo che gli agitava la notte: anche quando era immerso nel sonno più profondo, non perdeva mai la sua fisionomia. C'era, insomma. Era da un'altra parte, in quel mondo magico in cui vanno i bambini quando dormono, ma c'era.

Nel letto dell'ospedale, adesso, giaceva un bambolotto di carne che assomigliava a Checco. Ma lui no, era scivolato via.

Le tremò il labbro, un brivido le salì su per la schiena: abbassò gli occhi, si concentrò sul cotto sconnesso della pavimentazione, e per non cedere alla commozione accelerò il passo. Checco non c'era, ma sarebbe tornato. Poteva tornare, lo avevano detto chiaramente. Certo, poteva anche smettere di respirare. Ma bisognava crederci, questo le era chiaro. Se lo si lasciava andare, lo avrebbero perduto.

Si era ormai convinta che Massimo avesse ragione, in quell'ospedale non c'era nulla da temere. Non che la sua paura non avesse avuto dei fondamenti, ma avevano avuto troppe occasioni di mettere fine alla vita di Checco impunemente, e non lo avevano fatto. Avevano una strategia diversa, forse c'erano cose che le sfuggivano o aspetti che non aveva considerato, ma sembravano tutti realmente impegnati a tenere il bambino in vita. Forse era per questo che il pensiero del futuro, del proprio futuro, aveva trovato spazio: perché diminuiva la preoccupazione per la sicurezza di Checco.

Entrò nel piccolo supermercato che trovò sulla strada. Non

c'era molta gente. Incrociò lo sguardo della donna di mezz'età, massiccia, che stava al banco di salumi e formaggi, in camice bianco, cuffietta e guanti in lattice sulle mani grosse, viso rossiccio e profondi occhi azzurri.

Si riconobbero, senza essersi mai incontrate. Appartenevano entrambe a un'altra lingua, a un'altra terra, a ricordi di un altro mondo e condividevano un presente difficile. Le stesse battaglie e le stesse angosce. Ucraina, polacca, montenegrina. Non faceva differenza.

Sorrise, e, pur sapendo di potersi liberamente esprimere in russo (il russo che in Moldavia si apprendeva per obbligo sin dai primi anni di scuola), diede qualche indicazione in italiano. L'altra restituì il sorriso, ma incorniciato da una grande malinconia.

Forse avrebbe dovuto aver paura, come ce l'aveva quella donna al di là del banco. Era stata fortunata a entrare nella famiglia più ricca della città, e aveva potuto contare su rapporti quasi speciali con i datori di lavoro. Ma ora? Cosa sarebbe acciduto? Era assediata da questi pensieri. Su Massimo, però, aveva cambiato opinione.

Come tutte le persone istintive era pronta a reagire, a dar forma a un'idea, e a giudicare, ma per la stessa ragione, forte di una naturale intelligenza delle cose del mondo, era preparata a rivedere il processo che l'aveva spinta sino a quel punto. Il giudizio insomma non diventava pregiudizio. Era disposta ad ammettere di essersi sbagliata, e a rimodellare la prima impressione.

Aveva sentito tante volte parlare di quel nonno e di quel padre, tenuto in grandissima considerazione dalla signora Cristina e venerato dal bambino, e tuttavia così poco presente nelle loro vite. Si era chiesta spesso come fosse possibile che quell'uomo non sentisse mai il bisogno di contatti più stretti e conti-

nuativi. Non prendeva mai un treno, non telefonava. Alba so-
spettava che dietro quella figura così celebrata si nascondesse in
realtà una persona dal cuore arido. Era così strano che ci fosse
tutta quella distanza, quella mancanza di trasporto.

Quando l'aveva visto per la prima volta, le aveva fatto quasi
impressione: se lo era immaginato molto diverso. Invece della
figura grave, quasi truce, che aveva occupato la sua fantasia si
era trovata davanti un uomo affascinante, nel pieno delle for-
ze: fisico asciutto, sguardo profondo, portamento virile, manie-
re sicure. Non era certo l'archetipo del nonno, e Checco aveva
ben ragione di descriverlo come una specie di superuomo. Pur-
troppo era entrata in gioco l'insospettata freddezza con cui era
stato sul punto di autorizzare la morte del nipote. Agghiacᴄia-
ta, si era sentita in dovere di aggredirlo come una tigre.

Già, c'era una tigre dentro di lei, una tigre che ora, di fronte
alla donna che si allungava di là dal banco per porgerle il pac-
chetto, sembrava accucciarsi dentro un'antica paura del mondo.
«Spasiba» le disse, e l'altra fece un cenno del capo, preoccupata
che qualcuno avesse sentito, come se Alba avesse pronunciato
una parola d'ordine tra spie. Era una donna giovane, era una
donna che aveva conquistato un piccolo spazio dentro una cit-
tà che, anche quando non era palesemente ostile, non garanti-
va niente, e soprattutto non metteva al riparo dalla condizio-
ne di straniera.

Si osservò dentro una superficie specchiante: non era giova-
ne come la commessa ucraina ma, per quanto si fosse lascia-
ta un po' andare, era ancora la bella di Floreşti, la donna dagli
occhi chiari e dalle labbra piene, che il foulard di lana non po-
teva dissimulare.

Era già passato abbastanza tempo da quel primo incontro
e ora Alba era convinta di aver fatto più luce sul carattere di
Massimo. Era razionale, schematico – su questo non aveva

dubbi – era un uomo che teneva molto all'ordine mentale. E in realtà, Alba capiva che fronteggiare una situazione come quella in cui si trovava era disorientante e richiedeva quanta più concentrazione possibile. Nessuno meglio di lei aveva consapevolezza di quanta complessità restituisse l'intrico impenetrabile di passioni e interessi in cui ci si doveva muovere nella società benestante di quella città.

Ora Alba sentiva Massimo più vicino e la conversazione che avevano avuto in merito all'incidente era stata una svolta decisiva. Le era parso chiaro, senza equivoci, che la sua intenzione era di andare a fondo, di acquisire tutte le informazioni necessarie per avere un quadro realistico di quello che era accaduto.

Alba in verità era rimasta impassibile. Aveva manifestato dei dubbi sul poliziotto, era stata evasiva quando il professore l'aveva interrogata, e si era limitata a citare lo stato di stress in cui il dottore versava tra primavera ed estate. Del resto, aveva pensato, se avesse chiesto in giro sarebbe arrivato alle stesse conclusioni. Non di più.

Si mise in fila alla cassa, pagò, e ricevette dal cassiere un'occhiata insinuante e inequivocabile, ben diversa da quella della donna al banco. Col tempo si era abituata, l'equazione era semplice: una donna sola, che veniva dall'Est, ancora giovane e con quegli spavaldi occhi verdi, era una preda facile, la si poteva avere anche con poco. Finse di non vedere, e soprattutto di non sentire l'apprezzamento volgare sussurrato a mezza voce.

Si ritrovò sotto i portici, quelli "dove non piove mai", come aveva raccontato a Checco. Però il freddo era tagliente. Aveva ripreso a nevicare. La strada di ciottoli stava tornando bianca come nei giorni precedenti.

Procedeva con lentezza e passo dopo passo metteva a fuoco i pensieri che più la tormentavano. Si sentiva divisa. Un pensiero si spegneva e si accendeva l'altro, come se l'uno non potesse progredire senza ricevere nutrimento dall'altro. Da una parte esaminava la sua nuova situazione. Avrebbe dovuto cercarsi un lavoro? Avrebbe dovuto pensare a se stessa, per una volta? Certo, non poteva contare sul fatto che ci fosse Checco e che lei potesse occuparsene. Aveva ancora dei risparmi, questo sì. Se c'era una decisione da prendere l'avrebbe presa al momento opportuno. Per ora non avrebbe lasciato quel bambino che le aveva fatto provare il sentimento di madre, quando ormai si era rassegnata a non avere figli suoi.

Il secondo pensiero era più ingarbugliato, faticava a trovare uno scioglimento.

Doveva dire a Massimo quello che sapeva? Doveva aiutarlo a completare il quadro che avrebbe spiegato, o almeno avrebbe contribuito a spiegare, quello che era successo, posto che il poliziotto avesse visto giusto? O piuttosto doveva lasciare che le cose restassero com'erano, dando pace ai morti e consentendo la rassegnazione dei vivi, senza che nessuno dovesse cambiare opinione su chi non c'era più?

Il futuro. Il presente. Il passato. Ecco che si trovava a balzare da un tempo all'altro, ecco che la prospettiva di cercarsi un lavoro, la volontà di sapere del professore, la pace dei morti le frullavano davanti agli occhi come i fiocchi di neve che ora, prima di accedere a una nuova sequenza di portici, le cadevano addosso. Non seppe darsi risposta, e le venne da piangere.

Gli occhi bassi, accelerò il passo.

XXVII

Pancaldi lo aveva cercato la sera stessa, si era addirittura presentato nella hall dell'albergo e lì lo aveva aspettato per parlargli.

Massimo era rimasto sorpreso. È vero: aveva fatto una richiesta, ma non aveva posto dei vincoli di urgenza. Che tutto accadesse così velocemente gli sembrava in contrasto con i ritmi lenti e oscuri delle persone con cui aveva avuto a che fare, ma ora inquadrò Pancaldi con una certa soddisfazione. Gli faceva molto piacere contrarre i tempi. Coltivava ancora la speranza di potersene tornare presto a casa, sull'isola, anche se ormai non avrebbe più potuto lasciare nell'ombra le circostanze che facevano da premessa alla tragedia in cui erano stati coinvolti Cristina, Luca e Checco. Si trattava in fondo di dati che si disponevano l'uno accanto all'altro come i dati per svolgere un problema, e lui non aveva mai lasciato un problema irrisolto. Non avrebbe cominciato adesso.

Pancaldi, aria affaticata, quasi sofferente, aveva subito fatto una telefonata ed era stato ricevuto a casa Lezzi.

Spiegò al professore che Federico era uno dei soci della Petrini e figlio, ma aveva anche partecipato in prima persona, e con una forte esposizione, all'operazione fallimentare nell'Est; il suo coinvolgimento era molto alto, e quindi il suo interesse a che si mantenesse l'attuale piano di rientro con le garanzie già disposte era vitale. Aveva immediatamente incontrato il vicepresidente, e aveva confermato la piena disponibilità a soddisfare ogni richiesta del professore purché tenesse conto della situazione, e di quanto fosse cruciale decidere al più presto di accettare la tutela del bambino uniformandosi alla volontà del padre.

Massimo ascoltò pazientemente tutta quella tiritera, e comprese il sollievo di Pancaldi nel fargli sapere che i contenuti delle recenti comunicazioni erano condivisi da tutti. Qualche incrinatura nella voce ci fu, e fu indice della crescente ansia intorno al caso. Secondo quell'uomo, il tempo stringeva. E il caso era di fatto un caso.

Alla fine, in tono tranquillo, il professore chiese se la moglie di Lezzi, quella che era stata la migliore amica di Cristina, avesse accettato di vederlo; perché a lui interessava parlare con lei, non con il marito.

Pancaldi fece più volte di sì con la testa, e confermò frettolosamente una totale disponibilità da parte di Monica. Era stata legatissima alla povera signora, disse l'ometto, e avrebbe fatto qualsiasi cosa per lei. L'appuntamento era per la mattina successiva, ma per ragioni di opportunità, circondata com'era dalla curiosità dei vicini, avrebbe preferito incontrarlo in una sala da tè appena fuori città. Naturalmente Pancaldi avrebbe mandato l'autista a prenderlo. Era d'accordo?

Massimo disse che era d'accordo.

Vide l'auto ripartire e percorrere il viale dei platani a una certa velocità. Gli risuonò dentro un vecchio motivo, un accordo di sesta napoletana: "Che friddo quanno è 'a sera ca me vene, cu 'st'aria 'e neve mo' ca manche tu".

Chissà da dove veniva. La musica, qualsiasi musica, era la passione di Maddalena, non sua. Ma poi finisce che qualcosa ti resta attaccato, e ritorna, ritorna. Uscì per strada, andò oltre la stazione e vide la pianura distendersi, bianca bianca. Fra casali abbandonati e nuove villette monofamigliari, la distesa così candida pareva una consolazione. Poco più in là, un velo sottile di nebbia sul quale si incidevano le ramaglie spoglie dei cespugli di sambuco. Chissà, se proseguissi per questa strada forse arriverei al grande fiume, pensò, ci devo andare un giorno, così avrei un'avventura da raccontare a Checco. E invece no. Tornò indietro, pronto per il suo turno in ospedale, "Cu 'st'aria 'e neve mo' ca manche tu...".

La mattina arrivò l'auto di Pancaldi e Massimo si ritrovò in viaggio per una strada extraurbana fiancheggiata da file di pioppi, la neve ammassata ai lati, e due distese bianche punteggiate da rare case. Rare come quelle che aveva visto oltre la stazione. Perché quell'incontro fuori città? Sembrava quasi che ci fosse qualche motivo per cui quella donna avesse remore a mostrarsi con lui.

L'auto prese una strada bianca e arrivò a un cancello sul quale spiccava l'insegna di un centro benessere, con sauna, percorso di acque e massaggi. Al primo piano, così c'era scritto, la sala da tè. L'autista corse ad aprirgli la portiera, e per la prima volta gli rivolse la parola:

«Professore, se posso permettermi: la signora Cristina era una persona meravigliosa. Sempre gentile, allegra, era una gioia per me accompagnarla quando capitava. Sentivo il bisogno di dirglielo. Mi perdoni.»

Massimo esibì un mezzo sorriso impacciato, e si avviò verso il casale ristrutturato. Dentro, pochi tavoli. Erano tutti vuoti salvo quello a ridosso di una lunga vetrata che dava sulla campagna. Monica Lezzi sorseggiava un tè guardando la distesa di campi innevati. Indossava un tailleur chiaro, e appoggiato alla spalliera della sedia c'era un cappotto con un ampio collo di vaporosa pelliccia.

Il professore le tese la mano, e lei la prese senza alzarsi. Portava un paio di lenti scure che coprivano un trucco piuttosto marcato e un volto segnato, stanco. Quella donna dormiva pochissimo, ammesso che dormisse.

Massimo si sedette e fece cenno alla cameriera di servire un altro tè.

«Mi scuso per la solerzia di Pancaldi, signora. Avevo manifestato il desiderio di parlarle, ma non c'era tutta questa urgenza; anche farla arrivare fin qui, così presto...»

Monica non lo lasciò continuare: aveva una voce calda e profonda, con una nota dolente.

«Venivamo spesso qui, sa, con Cristina. Ogni tanto ci prendevamo qualche ora di vacanza, senza dire a nessuno dove fossimo, e stavamo in pace. È bellissimo in ogni stagione, primavera con i fiori, estate con il grano alto, l'autunno giallo e rosso. Mentre la aspettavo ho pensato che con Cristina non ci sono mai venuta d'inverno. Chissà. Non riesco a farmene una ragione. Lei che ne dice?»

Massimo non prese sul serio la domanda. Retorica, pensò:

«Signora, so che lei aveva con mia figlia un rapporto molto profondo, di grande confidenza. Lo so, me lo ha già detto al funerale, ma si dicono tante cose in certe circostanze, e magari non sono quelle che vogliamo dire. Ma adesso, in questo tempo bianco che non cancella nulla, le devo chiedere se c'era davvero fra voi una confidenza profonda. Per me è fondamentale saperlo.» Monica sembrava concentrata sui veli di nebbia che si aprivano e si chiudevano sulla pianura. Distolse gli occhi con visibile sforzo.

«Qui abbiamo anche parlato di lei, sa. Probabilmente la stupirebbe sapere quanto sua figlia parlasse di lei. Anche Checco, se è per questo.»

Massimo sospirò:

«Non credo di essere stato nemmeno avvicinabile al concetto di padre come si deve e neanche di nonno. Me ne stavo per conto mio, forse troppo. E pure adesso, le confesso che me ne tornerei volentieri a casa. Prima possibile.»

Monica fu presa da un riso strisciante che lasciò Massimo sgomento. Non se lo sarebbe mai aspettato.

«La capisco, professore. Io ci sono nata, qui, e le assicuro che mi manca l'aria. Ho più volte chiesto a mio marito di andare via, magari a Milano; ma lui non accetterebbe mai di perdere la centralità legata al nome che porta. È incollato a questa città gretta e meschina come una cozza allo scoglio, e sono sicura che lei capisce cosa voglio dire.»

«E Cristina?» fece il professore. «Le rare volte che parlavamo mi diceva di stare bene, che tutto andava per il meglio. Scopro adesso di essermi accontentato: non siamo mai andati più a fondo. Forse dovevo farlo.»

Monica si esibì in una smorfia dolorosa:

«Ma no, tutto sommato posso dirle che Cristina alla fine stava meglio di me. Certo, non era mai stata accettata fino in fondo, ma qui nessuno lo è mai completamente. Lei lo sapeva, e si era organizzata. Aveva con chi parlare. Aveva di chi occuparsi e c'era chi si occupava di lei.»

«Davvero?»

«Sì. C'ero io. C'era Alba. C'era il bambino, e mi creda, un bambino si mangia tempo ed energia. Aveva il marito, che era pazzo di lei e la riempiva di attenzioni. E aveva Dammi la mano, l'associazione. Anche quella.»

A Massimo non sfuggì il cambio di tono. Una cosa quasi impercettibile, ma lui la sentì con chiarezza.

«Ed era soddisfatta? Era felice, mia figlia?»

Monica non rispose. Ritornò alla luce della vetrata, alla neve e al tè. Un merlo volò da un albero all'altro, e al professore parve di udire un verso lamentoso, lugubre. Gli venne in mente il frastuono dei gabbiani, con rimpianto.

«Felice, dice? Come se fosse facile. Come se fosse una condizione che funziona per tutti allo stesso modo...»

Tornò a fissarlo:

«Su questo nostro incontro, professore, molte persone ripongono importanti aspettative. Ci crederebbe? Siamo qui a parlare di Cristina, che non c'è più, che io non rivedrò mai più e che non verrà mai più a trovarla nella sua isola, e ci chiediamo se fosse felice. Io invece dovrei parlarle di soldi, di azioni e di fideiussioni, e dovrei provare a convincerla ad accettare la tutela di Checco, che è più morto che vivo, e che solo pochi giorni fa colorava i suoi album, e a rinnovare le garanzie dei loro maledetti debiti. Ma lei mi chiede se Cristina era felice. E io sono convinta che la risposta a questa domanda, apparentemente così semplice, sia la chiave di tutto. Roba da ridere, eh?»

Massimo non disse niente, e continuò a fissare la donna.

Lei allora proseguì:

«Lo era, qualche volta. La felicità è una gran brutta bestia, professore. La felicità sembra la lepre meccanica dei cinodromi, ci è mai stato? Corre sempre un po' più veloce del più veloce dei cani. Lui si illude di acchiapparla per la coda, e invece non ci arriva mai. Per un motivo o per l'altro.»

«Che cosa sta cercando di dirmi, signora Lezzi? Mi scusi, ma io con le metafore non mi oriento, finiscono sempre per confondermi. Sono piuttosto concreto. Mi dica, come stava mia figlia?»

Lei si tolse gli occhiali, e li appoggiò con le stanghette aperte sul tavolo. Gli occhi erano grandi, neri e arrossati.

«Le cose cambiano, professore» rispose. «E questa è una cosa concreta, sa. Molto concreta, quindi la può capire anche lei, senza metafore. Cristina era felice, forse, quando è arrivata qui piena di aspettative. E poi non lo è più stata. Poi lo è stata di nuovo, quando è arrivato Checco. Poi, piano piano, forse non lo è stata più, e d'altra parte come biasimarla, in questo posto di merda? E magari, alla fine, lo era di nuovo. Perché la vita riserva sorprese. Chissà, forse è per questo che non c'è più.»

Massimo si sporse sul tavolo e le prese una mano. Lo fece d'impulso, molto lontano dal suo abituale comportamento.

«Io devo sapere. Lo capisce? Io devo sapere. Non ci sono stato, non l'ho capita e forse non capirò nemmeno quando saprò tutto, ma adesso io devo sapere per quale motivo mia figlia è morta.»

Monica non ritrasse la mano, continuando a guardare Massimo come se volesse comunicargli un rimpianto sconfinato.

«E poi, professore? Quando avrà capito che cosa farà, quello che avrà saputo l'aiuterà a giustificare Cristina, o se stesso? Le servirà a pensare che in fondo non è colpa sua, che non avrebbe potuto comunque fare niente? Me lo dica, sono io che ho bisogno di sapere, perché forse riuscirei a dormire.»

Di nuovo Massimo restò impassibile, ma non lasciò la stretta della mano.

«È stato un incidente, professore» continuò Monica. «Un banale incidente. Luca ha perso il controllo, è andato dritto, un colpo di sonno forse. O forse si è distratto, o è stato Checco a distrarlo. È stato un incidente. Mi creda, è meglio per tutti pensare così.»

Questa volta il professore si ritrasse e la squadrò quasi con ferocia:

«Allora io posso tornarmene sulla mia isola, coi miei sensi di colpa, signora Lezzi. Non è un problema mio Checco, non è un problema mio la crisi in cui versa l'azienda, non è un problema mio il debito di suo marito né il suo benessere. Domani parto, se non ho nulla da capire. Perché qui non ho più niente da fare.»

La donna si passò una mano sugli occhi, per poi sbarrarli fra sorpresa e delusione:

«Bella mossa, prof. Lo diceva, Cristina, che lei era una persona più intelligente delle altre, un campione di intelligenza.»

Si alzò e cominciò a infilarsi il cappotto. Poi aggiunse:

«Le manca un pezzo, professore. Un pezzo importante. Quella sera, quella maledetta sera, stavano tornando dal ricevimento di beneficenza per avviare la raccolta di fondi per l'associazione. Ecco, io fossi in lei andrei a fare una visita là, in associazione. Cercherei di capire qualcosa di quello che Cristina faceva, come operava, in che modo partecipava a quell'attività. È là che troverà lo spirito di sua figlia, non nei gelidi salotti della città e nemmeno in casa sua. Vada a vedere l'associazione, professore.»

Si avviò, per poi tornare sui suoi passi:

«Ci vada, e dopo, se è il caso, mi faccia pure altre domande. Quelle giuste, però, e allora io le risponderò. Glielo prometto.»

Lo sguardo scivolò sulla vetrata, e corrugò la fronte:

«Perché non ricordo di essere stata qui d'inverno, con Cristina?»

Poi inforcò gli occhiali scuri e se ne andò.

XXVIII

Ciao, signor Petrini. Pensavo a te, ieri.

Non solo a te, a dire la verità. Pensavo a te e a me, alla pesca. E alla fisica.

Fisica è una bella parola, sai. L'idea era di parlartene tra un paio d'anni, perché ho sperimentato che, per farli appassionare, i ragazzi devono essere un po' più grandi di te, ma date le circostanze dobbiamo accelerare i tempi. È una bella parola che viene dal greco, perché sono i greci che ce l'hanno insegnata. I greci sono arrivati dal mare, proprio quello dove andiamo a pescare di mattina presto tu e io. Fisica significa natura.

Come scienza, studia i fenomeni naturali, ma in origine vuol dire tutto quello che è natura. Proprio così. Quindi, quando ti dicono che un fisico vive con la testa tra le nuvole e non è un tipo pragmatico, be', sappi che è proprio il contrario: un fisico è talmente concreto che nemmeno si ferma a quello che vede, ma fa come se avesse i raggi X negli occhi, va oltre la superficie e guarda quello che c'è sotto.

E che c'entra la pesca, diresti tu. C'entra, e c'entra anche quello che sta succedendo qui, e forse pure quello che è già successo. C'entra, eccome. Una delle nuove frontiere della fisica, signore, è proprio lo studio dei sistemi complessi. Si cerca di capire, in pratica, se esiste un modo matematico di prevedere i movimenti, le azioni e le reazioni all'interno di un sistema composto di un molteplice numero di parti. Capisci bene, signore, che sarebbe una cosa importantissima, dalle infinite applicazioni che non ti sto a elencare, mercati finanziari, fenomeni biologici e politici, perfino il moto dei pianeti. Per molto tempo si è pensato che fosse impossibile, perché ogni individuo, una molecola d'acqua in una cascata o un titolo in borsa, è una variabile, però poi si è capito che bisogna anche tener conto dell'insieme, come fosse un unico, complicatissimo individuo.

Ma che c'entra la pesca, torneresti a chiedermi se potessi parlarmi; e magari me lo chiederai, perché verrà il momento in cui potrò dirti tutte le parole che stupidamente non ti ho detto, aspettando che diventassi grande. C'entra, signore. Eccome se c'entra. Un po' di pazienza.

Pensa a uno stormo di uccelli. È uno dei sistemi complessi più visibili e studiabili, perché si può filmare e fotografare e poi rivedere molte volte. Animali che si muovono insieme. Si può partire di lì per costruire una teoria e confermarla. Uno stormo di uccelli, ti dicevo. Ci sono pomeriggi, nel cielo di Roma, che si vedono bene: sono storni, e insieme compongono figure bellissime. Sono macchie che si allargano, che si assottigliano, che si distendono. È come se disegnassero con il carboncino sull'azzurro carico del cielo. Mutevoli, veloci, sorprendenti.

Ma prendi anche un banco di pesci.

Sembra incredibile, sai, signore. È come se comunicassero, come se ci fosse uno che dà un ordine e tutti, ma proprio tutti gli altri lo eseguono. Destra, e tutti a destra. Sinistra, e tutti dietro. Su, giù: sempre insieme.

Io vado a pescare perché mi immergo in molti sistemi complessi, in realtà. Sistemi complessi, sì. Che invece di sottrarre, aggiungono fascino, bellezza. Te l'ho spiegato l'altra volta, ricordi? L'irregolarità, il caos è vita, l'ordine e il silenzio sono morte.

Sai che penso, signore? Che in qualche modo tu lo capisci. Perché un bambino dovrebbe essere irrequieto, giusto? Non dico adesso, che sei sedato e ti tengono addormentato, ma quando ti siedi dietro di me la mattina sugli scogli vicino al molo e aspetti, secondo me anche tu ti senti immerso in qualcosa di più grande, in qualcosa di caotico che tuttavia interpreta una regola invisibile. Come se ci fosse una specie di armonia, una musica: noi matematici cerchiamo l'armonia dei numeri e in fondo arriviamo alla musica, forse un bambino sente subito la musica, prima di passare per i numeri. Tu la sentivi, ne sono sicuro. Sta di fatto che tu passi le ore alle mie spalle, fermo e zitto e buono come adesso, ma sveglio e attento, perché poi quando esce un pesciolino dall'acqua attaccato all'amo scatti in piedi, signor Petrini Francesco di anni nove, detto Checco, senza bisogno che io ti chiami.

Ma fermiamoci al pesciolino, non quando è attaccato all'amo ma quando è nel suo banco, insieme agli altri pesci. Come lo sa dove deve andare? Perché il suo movimento è perfettamente armonizzato con quello degli altri?

Allora, ascoltami, perché questo è un principio importantissimo: il movimento di ogni elemento del sistema complesso è influenzato da quello dell'elemento più vicino. Insomma è come un'onda che si propaga, molecola per molecola. Il pesciolino che abbocca è quello esterno al banco, quello che non ha elementi vicini, forse, da seguire per allontanarsi dalla trappola.

Mi sono fatto l'idea che i tuoi genitori e le loro frequentazioni, Alba, i Pancaldi, i Lezzi, le banche, gli intermediari d'affari, tutti quanti, non siano altro che un sistema complesso; tanti elementi, tanti fattori, ma non sterminati come i pesci in un banco o le molecole d'acqua in una cascata, o gli storni in volo su Roma. Difficile calcolare, molte variabili, ma forse non impossibile, ti pare, signore? Forse, riflettevo la scorsa notte senza riuscire a prendere sonno, forse ci si può arrivare, a capire che cosa sia successo: dove il sistema di relazioni tra i pesci di questo specifico banco, tutti a nuotare insieme sotto la superficie senza una guida ma con un cervello collettivo, si sia spezzato e abbia causato quello che ha visto Caruso.

Peccato che tu, pesciolino detto Checco, non possa parlarmi. Perché magari ti sei seduto in mezzo alla vita della tua famiglia, come ti siedi dietro le spalle di questo pescatore, e hai osservato ogni singolo gesto, ogni movimento. Magari il comportamento del pesce più vicino a te, tua madre, o di tuo padre o di Alba ti ha lasciato indovinare quello che si stava rompendo, l'anomalia del sistema complesso. Forse sei tu che potresti darmi qualche notizia.

Ma dobbiamo aspettare, giusto? Con te non si può fare altro. Invece con gli altri sì, con loro dobbiamo riuscire a eliminare qualcuna delle troppe variabili e risolvere l'equazione.

Monica, per esempio: è evidente che sa qualcosa e non vuole dirla. Certo potrebbe essere una banale questione di opportunità, ha paura di perdere la posizione, i soldi e il benessere. Ma aveva dolore negli occhi, un vero dolore.

Voleva bene alla tua mamma, pesciolino Checco, e questo bene è un'obbligazione, un debito da pagare a scadenza.

C'è qualcosa, in questo sistema complesso. C'è un elemento che devo trovare, che non si vede.

I fisici che lavorano ai sistemi complessi hanno dei trucchi, sai, signore. Uno di questi, uno strumento, è il cosiddetto trucco della replica.

In pratica si prende un sistema disordinato, lo si replica un certo numero di volte e si confrontano queste repliche. È un metodo matematico, naturalmente, cioè le diverse repliche si traducono in numeri e si mettono in comparazione. Come per esempio le biglie in una scatola, il loro ordine dopo aver chiuso la scatola e averla agitata; o la composizione di un liquido congelato e scongelato, o appunto fotografie successive di stormi di uccelli o banchi di pesci. Nel corso delle ripetizioni possono venir fuori, e così succede, degli schemi rivelatori, delle sequenze che parzialmente si ripetono. Una regola che porta uno strano, dinamico ordine che rende comprensibile il disordine.

Io vorrei fare così, sai, pesciolino. Vorrei stimolare la ripetizione delle condizioni in cui ogni elemento si è trovato, nel momento in cui non ha reagito all'anomalia del sistema. Voglio capire dalla reazione di ognuno non solo quello che è successo, ma perché non è stato impedito, se qualcuno ne aveva l'occasione.

Tuo padre ha avuto il suo momento difficile, e questa è stata sicuramente un'anomalia. Però era rientrata, a quanto pare. Certo non è stato facile, ha comportato un sacrificio, però l'ha risolta. E quindi era ritornato nello stormo, il tuo papà. Aveva ripreso il suo posto, e magari era più felice di prima. Ma è stato sufficiente?

Non mi pare che la sua anomalia abbia riportato conseguenze. Monica ha detto che era solerte e tenero con tua madre e con te, e anche Alba ha raccontato che ogni cosa era tornata come prima. Il piano di risanamento aziendale era stato avviato e tutti erano contenti, tanto che non fanno che ripetermi quanto sia fondamentale che tutto venga mantenuto esattamente come è adesso.

E allora l'anomalia dev'essere altrove. E io devo ancora capire di preciso dove.

Nel frattempo posso stare solo qui, con la mia canna e la lenza nel sistema complesso che è questo tuo silenzio.

Posso solo stare qui, a parlare, parlare, parlare, e chissà che parlando la mia voce, e quella di Alba, ti attraggano e ti allontanino dal banco dei pesci che sono anime sperdute che nuotano nella notte.

Posso solo stare qui, facendo penzolare l'amo con l'esca della vita attaccata.

Sperando che tu, pesciolino Checco, prima o poi abbocchi.

XXIX

Alta, maestosa, la donna nigeriana inveiva sbraitando, ma ben pochi sembravano prestare attenzione.

Portava un turbante in testa, e dentro il turbante era raccolta un'imponente massa di capelli, che facevano volume e le giganteggiavano sul capo. Il lungo vestito colorato arrivava fino ai piedi, e all'altezza del seno, da una delle pieghe del tessuto, spuntava la testa nerissima di un neonato che dormiva placidamente nonostante il levarsi di quelle urla invasate.

Di fronte a lei una ragazza bionda – i capelli sciolti sulle spalle – cercava di placarla con scarsi risultati. Attorno a loro, nell'ampio refettorio occupato da lunghe tavole imbandite, tutti continuavano a mangiare incuranti dell'animatissimo alterco.

In sala c'erano almeno un centinaio di persone, raggruppate per etnie e ceppi linguistici, creando così macchie, più o meno dense, di commensali. Una decina di volontari si aggiravano per garantire l'efficienza del servizio e la pace della pausa pranzo. Malgrado le buone intenzioni del personale, la donna nigeriana continuava a gridare, il dito puntato verso il suo posto a tavola o quello che riteneva tale, occupato da un paio di slavi che mangiavano senza alzare gli occhi dal vassoio. *Si esprimeva in una lingua aspra dai toni acuti, e la ragazza dai capelli biondi era in evidente difficoltà, tanto che, quando ricevette una spinta, in verità involontaria, barcollò, perse l'equilibrio, e scivolò addosso a una giovane bulgara, che rovesciò il piatto sul tavolo e scoppiò in lacrime.*

Rossa in volto, gli occhi fiammeggianti, la ragazza bionda fuori di sé sputò un insulto in faccia alla nigeriana, che raccolse, senza capirlo, l'improperio e rispose a tono. Ma questa volta le arrivò uno schiaffo, a mano aperta.

Il neonato, sballottato a destra e a manca, prese a strillare. La madre fissava interdetta la ragazza, più sorpresa che offesa, ma poi fu vinta dalla rabbia e levò il braccio per restituire il ceffone. Una mano spuntò dal nulla e fu lesta nel serrarsi intorno al polso della nigeriana – quasi con gentilezza.

«Please, Halimah, keep calm. I'm so sorry, Susanna was wrong. Go eat, now.»

Il tono profondo e rassicurante era quello di un uomo dal fisico atletico e dal sorriso affascinante, i lunghi capelli bianchi raccolti in una morbida coda.

Era sceso il silenzio, e l'attenzione di tutta la sala si concentrò sui protagonisti della scena. Una volontaria che dava uno schiaffo a una rifugiata era un fatto serio, tanto inconsueto quanto grave. Ramon Madeiro, il responsabile dell'associazione che gestiva il centro di accoglienza, era così carismatico da sedare la tempesta con uno schiocco delle dita: la donna nigeriana, docile docile, si fece accompagnare a un altro posto, e tutti ripresero a mangiare, come al cenno di un direttore d'orchestra. Una volta ristabilita la quiete, l'uomo si avvicinò alla ragazza bionda paralizzata dal suo stesso gesto, e la condusse all'esterno, sospingendola lievemente per il braccio.

Appena fuori, in una loggia battuta dal vento, la affrontò con severità:

«Si può sapere che cazzo ti prende? Ma ti rendi conto di quello che hai fatto, sì? Hai dato uno schiaffo a un'immigrata! Con un bambino in braccio! Una che ha attraversato il mare...»

La ragazza gli sibilò in faccia:

«Non mi venire a fare il sermone, Ramon. Io so benissimo che per te quella conta meno di zero, anzi che conta solo per i contributi pubblici e privati che ti garantisce, lei con il suo bambino, la disgraziata. È il tuo lavoro, quindi è inutile che tu faccia il santo.»

Ramon la guardò più allibito che furioso. Si accertò che fossero soli e sbottò:

«Sei diventata scema? Che accidenti ti prende, me lo dici? Che c'entra il lavoro, che c'entrano i soldi? Noi siamo qui per assistere questa gente. Per proteggerla e per aiutarla, non per dare schiaffi alle donne e ai bambini!»

Susanna protestò:

«Tu non hai visto come è andata! Quella ha fatto resistenza, mi ha spinto addosso a Deiana, che ha rovesciato il piatto. Non posso tollerare di essere presa a spintonate, ci vuole ordine lì dentro!»

Ramon le fece sentire la morsa della mano su una spalla.

«Lo sai quanto ci mettono quello schifo di televisioni razziste a sparare questa notizia nei telegiornali? Eccoli, i buonisti del cazzo. Eccole, le cosiddette associazioni umanitarie. Prima ci fracassano le palle dicendo che dobbiamo accogliere i migranti, che non dobbiamo avere paura, e poi sono i primi ad alzargli le mani addosso.»

La ragazza provò a liberarsi dalla presa:

«Lasciami, mi fai male.»

Lui continuò imperterrito:

«E anche i nostri comincerebbero subito a denunciare i maltrattamenti. Sarebbero i primi a metterci in croce, a pretendere la tua testa!»

Lei finalmente si divincolò:

«E tu quanto ci metteresti a buttarmi a mare, eh? Mi pare di sentirti, lo sapevo che era una pazza isterica, io qui nemmeno ce la volevo, è un caso isolato, noi non siamo così, siamo tutto il contrario!»

Ramon cambiò tono:

«Ma che dici, Susanna? Per chi mi hai preso, si può sapere? Sai bene che io ti amo, che sei...»

La ragazza rise sguaiata, senza allegria:

«Mi ami? Davvero? Ma stai zitto! L'amore non c'entra. Se tu sapessi di cosa stai parlando non avresti bisogno...»

Madeiro le mise precipitosamente una mano sulla bocca, esplorando inquieto dentro la vetrata appannata.

«Taci, per carità! Ma ti rendi conto del momento in cui siamo? Lo capisci che se qualcuno anche lontanamente sospettasse...»

Con un gesto secco lei si strappò la mano di lui dalla bocca. «E tu credi» disse quasi sibilando «che si riuscirà a non far sapere niente a nessuno? Ma hai sentito le TV, hai letto i giornali? Non si parla d'altro. Secondo te non ci arriveranno? Sono morti, Ramon. Morti, capisci? Non è stata una piazzata, una scenata tra VIP! Non è roba da giornaletti scandalistici. Sono morti, cazzo.»

Lui si sciolse la coda e si passò la mano fra i capelli, che ora gli calavano davanti alla faccia:

«E quindi? È colpa nostra? È stato un incidente, un maledetto incidente! E nulla ci collega a quello che è successo, nulla! Abbiamo solo un grosso problema finanziario, te lo posso assicurare. I liquidi, mia cara, i liquidi. E non è una cosa da poco, perché senza quei flussi corriamo il serio rischio di dover sbaraccare tutto dalla sera alla mattina, e allora sì che sarebbero guai.»

«Flussi» fece Susanna. «Per quei flussi, come li chiami tu, sei un genio! Sei capace di scendere a compromessi, cambi idea, sfoderi sorrisi, lecchi il culo a politici infami che in verità ci odiano. Mi fai schifo.»

Sul volto di Ramon balenò la rabbia, si accese un fuoco di ostilità e ferocia che subito si spense e trapassò nel sorriso morbido e avvolgente per cui andava famoso. Allungò la mano, come per prenderla amichevolmente per il braccio, e le diede una stretta tale che la ragazza squittì di sorpresa e dolore. Poi la costrinse a voltarsi, per guardare le sagome confuse della gente che pranzava, e disse, soffice:

«Io do da mangiare a quella gente, li vedi? Centododici persone, uomini, donne e bambini, che altrimenti non saprebbero dove andare. Io li tengo al caldo e al sicuro, in un mondo che li vorrebbe rigettare a mare, mettere in galera o al massimo farli lavorare con una paga ridicola e senza nessuna tutela. E io sarei uno che pensa solo ai soldi?»

La ragazza si girò verso di lui e, dato che recitavano davanti alla platea dei loro assistiti al di là della vetrata, si disegnò in volto una maschera di dolcezza, di amabilità:

«Ti credi un santo, vero? Ci credi anche tu, a forza di ripetertelo. Invece sei solo uno che ha trovato il modo di fregare gli altri, proprio come fanno tutti. E adesso che è successo quello che è successo, l'unica vera paura che hai è che la tua fonte si sia esaurita. Puoi prendere in giro chiunque, ma non me.»

Lui non lasciò cadere il suo sorriso da leader, ma le diede un'ultima dolorosa stretta.

Proprio allora comparve alle loro spalle un ragazzino bruno di carnagione, spettinato, uno stecchino in pantaloni corti, le gambe scattanti. Sembrava concentratissimo sulla palla *che spingeva al centro del cortile. Tirò più volte contro il muro, poi cominciò a palleggiare, sotto gli occhi di Ramon, che lo raggiunse di corsa. Gli si mise di fronte, gli tolse la palla. «Ora ti mostro io» fece, e cominciò: destro-sinistro, sinistro-destro, ginocchio-ginocchio, coscia-coscia, spalla-spalla, testa-testa. Il ragazzino lo imitò, con singolare destrezza, sotto gli occhi estasiati di Ramon. «Tu sei un grande, fratellino!»*

XXX

Massimo si fermò in ospedale, per incontrare Alba. Era chiaro che ritrovarsi al capezzale di Checco consentiva un dialogo più aperto, e lei non assumeva la posizione difensiva che aveva riscontrato quando si erano visti altrove. Non si mostrò sorpresa di incontrarlo. Aveva il volto solcato dalle pieghe di una profonda stanchezza, ma la tenerezza con cui posava gli occhi sul bambino e sulla strumentazione attorno al letto era tale che l'amore la illuminava tutta.

Il professore le raccontò in sintesi del colloquio che aveva avuto con Monica: aveva colto, vivissimo, il timore che, qualora avesse accettato la tutela di Francesco, non desse seguito alle operazioni di salvataggio dell'azienda avviate dal genero; e aveva registrato la raccomandazione di far visita all'associazione di cui Cristina era patrona.

«Ho l'impressione, credo più che fondata, che nessuno mi dica tutto, e quindi che ci sia qualcosa da nascondermi.»

Alba era perplessa:

«Scusami, ma devo ammettere che anch'io non riesco

a capire quello che vuoi. A che serve scavare nelle vite del dottore e della signora, ormai? Quello che è successo, è successo. Non è più giusto pensare solo a Checco, e a quello che è opportuno per lui? Se per il suo futuro, per quando si sveglierà, è meglio che tutto prosegua come il dottore aveva stabilito, allora regolati così e basta. Perché continuare a parlare con persone che non sai se ti dicono la verità o no?»

Massimo scosse il capo:

«Non capisci, è vero. Se non so la verità, non posso mettere a posto le cose. Se quello che è successo deriva da qualcosa di sbagliato e io non lo sistemo, questo qualcosa continuerà a mettere in pericolo tutto. Almeno, per me è così.»

Fece una pausa, passò la mano sulla coperta bianca del letto e poi fissò Alba con complice intensità:

«E tu? Non hai nient'altro da dirmi? C'era qualcosa che non andava negli ultimi tempi a casa Petrini, qualcosa di strano?»

Alba non resse il suo sguardo indagatore e si concentrò su Checco:

«Ti ho detto quello che so, e te lo ripeto: tutto era tornato a posto. Tutto andava come sempre, il dottore lavorava tanto, io pensavo a Checco, la signora faceva le sue cose. Non c'è altro, per me. E se la signora Monica ti ha detto dell'associazione, è solo perché tua figlia se ne occupava molto. Sicuramente non ci sono misteri, né qui né là.»

Prima che Massimo potesse risponderle, la porta della stanzetta si aprì e si affacciarono il dottor Cantelmo, la Santi e Pancaldi.

La Santi invitò Massimo a uscire per non ingombrare la stanza:

«Mi sono permessa di chiedere al dottor Pancaldi di essere presente, se me lo consente.»

«Certamente. Per quanto ovvio, anche la signora Alba ha diritto a essere presente.»

Si spostarono nella sala d'attesa in fondo al corridoio, tutti in fila, Alba a chiudere.

Una volta lì, Cantelmo prese la parola:

«Non ci sono novità. Ed è proprio per questo che dobbiamo procedere per vedere se ne arrivano.»

Alba chiese, con una certa durezza:

«Che vuol dire? Che significa "procedere"?»

Il dottore rispose come se fosse stato Massimo a interrogarlo:

«Attualmente il paziente è, come sapete, sotto sedazione. È quello che in gergo si chiama coma farmacologico, uno stato di incoscienza indotto appunto da farmaci, cioè iatrogeno. Il tempo che è passato dall'intervento, l'assorbimento degli ematomi e lo sgonfiamento del volto ci portano a pensare che dovremmo procedere a testare le condizioni del cervello.»

Massimo guardò Pancaldi che, a disagio dentro la cornice azzurra della cuffia, cercava di guardare nella stanza.

«E in che cosa consiste questo test, dottore?»

«In pratica, smettiamo di somministrare i sedativi. Lasciamo il cervello libero di riprendere, se ce la fa, le funzioni che sono ancora disponibili. Dobbiamo farlo, altrimenti non capiremo se l'intervento è riuscito né quali sono i danni permanenti, se ce ne saranno.»

Prima che il professore potesse ribattere, fu Alba a intervenire:

«E i rischi? Quali sono i rischi di questa cosa? Perché ce

ne devono essere per forza, altrimenti nemmeno ce l'avreste detto.»

Cantelmo fissò significativamente la Santi, come a chiedere se davvero dovesse tollerare le domande di quella donna. La direttrice lo invitò con un cenno del capo a rispondere.

«Il rischio, non elevatissimo, è l'insorgere di una crisi epilettica. Un evento sostanzialmente raro, la probabilità è inferiore al venti per cento. Però è necessario agire subito, credetemi. Non si può tenere sotto sedazione un paziente per un tempo indefinito.»

Alba non sembrava mollare la presa, aveva cominciato e ora continuava impavida:

«E che può succedere, in caso di crisi epilettica?»

Cantelmo stavolta la guardò, reggendo la sfida:

«Io non sono Dio, signora. Non lo so. Una crisi epilettica, in casi gravi, può portare anche alla morte. Ma se il paziente è sottoposto a un monitoraggio come questo, francamente l'ipotesi di un evento così estremo è trascurabile.»

Alba cercò gli occhi di Massimo:

«Non voglio che si corra questo rischio, è ancora troppo presto! Dobbiamo aspettare che diventi più forte, non è in grado di...»

La Santi intervenne, ostentando dolcezza:

«Alba, io lo so che lei vuole bene a Francesco e mi creda, gliene vogliamo tutti. Ma se non capiamo davvero come sta, non possiamo neanche curarlo, non pensa? Saremo tutti qui a osservarlo, giorno e notte. Non ci sarà un momento in cui non verrà tenuto sotto controllo e se vorrà potrà stare qui con lui. Farò portare una poltrona più comoda, completamente reclinabile, dove potrà anche riposare, nel caso. Ma dobbiamo cominciare a intervenire.»

Massimo ebbe la prontezza di fare da cuscinetto fra Alba e lo staff sanitario:

«Alba, se ci fidiamo di loro dobbiamo lasciargli fare quello che ritengono più opportuno. Abbiamo deciso di non portarlo via, e abbiamo anche ragionato su tutti i pro e tutti i contro, ricordi? Adesso non ha senso mettersi di traverso. Ti prego.»

Lei si morse il labbro e fece cenno di sì:

«Va bene. Ma io rimarrò qui, ogni notte. E se succede qualcosa, qualsiasi cosa, io ti chiamo e tu corri. D'accordo?»

Massimo era d'accordo e disse:

«Va bene, dottore. Procedete pure. E, se possibile, relazionateci con puntualità. Grazie.»

Gli ascensori dell'ospedale erano occupati. Massimo infilò le scale interne, una via deserta che, non fosse stato per il corrimano rosso, condensava tutto il candore del nosocomio. Credette di trovarsi solo nel corridoio che conduceva all'uscita ma sentì l'incombere di una presenza in attesa: Pancaldi.

«Professore, scusi l'invadenza. Non vorrei che lei pensasse che io mi sono fatto avanti per tenere sotto controllo... insomma, per la situazione in cui siamo, anche se devo dirle con franchezza che stare così in sospeso è tutt'altro che comodo. Per ora cerchiamo di mantenere intatta la produzione e il resto. Al piccolo Francesco siamo tutti molto affezionati, a prescindere da quello che lei deciderà. È per questo che quando la Santi mi ha avvertito ho voluto essere presente, anche per rassicurarla sul fatto che l'azienda provvederà a tutto quello che serve.»

Il professore gli fece omaggio di un sorrisetto:

«Lo so, Pancaldi, e la ringrazio. Io sto cercando di ca-

pire qualcosa di più sulla vita di mia figlia e di mio genero. So di non poter recuperare tutto. Ho fatto troppo poco
quando erano vivi, e adesso non posso negare di maturare giorno per giorno un interesse, anzi un'urgenza di
sapere, che non mi sarei mai aspettato.»

L'ometto assentì:

«La capisco, professore. Io non sono uno che riesce facilmente a parlare di sentimenti, sa. Sono un contabile, io,
anche se poi ho fatto carriera. E da quanto ho potuto capire di lei, siamo piuttosto simili in questo. Ma una cosa
gliela voglio dire: suo genero, il dottore, amava molto la
famiglia. In particolare sua moglie. Diceva sempre: Marcello, credimi, se non fosse stato per la mia famiglia non
avrei trovato la forza di uscire da questa stretta tremen-
da. Senza mia moglie, io non ho più ragione di vivere.
Diceva così. E lo ha detto fino all'ultimo.»

Massimo indovinava con che difficoltà Pancaldi si inol-
trasse in un territorio che gli era ignoto:

«La ringrazio, davvero. Apprezzo molto. Devo però
chiederle in prestito autista e macchina di nuovo, perché
voglio andare a vedere questa associazione a cui mia figlia dedicava il suo tempo. A quanto pare era importante
per lei. Voglio rendermi conto in prima persona.»

XXXI

L'associazione aveva trovato sede in una ex scuola, una costruzione bassa e lunga con aule diventate dormitori e una palestra trasformata in mensa: all'esterno c'erano aree ricreative, altalene e giostrine che sembravano pezzi di archeologia, sulle quali la neve s'era accumulata pietosa.

Posteggiarono nel cortile, e l'auto pareva una balena scura spiaggiata sulle rive del Baltico. Massimo non sapeva chi avesse avvertito i vertici dell'associazione, ma qualcuno doveva averlo fatto perché Ramon Madeiro, l'uomo che aveva intravisto al funerale, lo attendeva in cima alla breve rampa di scale che dava accesso alla struttura: il suo celebre sorriso andava da un orecchio all'altro. Alle sue spalle, una mezza dozzina di persone, tra le quali il professore riconobbe la ragazza bionda che accompagnava Ramon in chiesa.

Questi gli venne incontro con la mano tesa.

«Salve, il professor De Gaudio, no? L'ho vista al funerale, ma in quella circostanza non ho voluto disturbare. Eravamo tutti sconvolti. Benvenuto, è un gran piacere.»

Massimo strinse la mano. Madeiro aveva una stretta asciutta e salda, gli occhi scuri infondevano fiducia, i tratti del volto erano quelli distesi di una virilità portata con sicurezza. Una sicurezza che ben si poteva ribattezzare carisma.

«Salve, piacere mio. Eravate informati della mia visita? Non ne avevo parlato con nessuno.»

«Potrei dirle che ho le mie fonti, professore» fece l'altro. «In realtà l'aspettavamo, anzi ci auguravamo che venisse presto; e abbiamo le telecamere di sorveglianza a circuito chiuso, le abbiamo installate due anni fa, quando purtroppo alcuni ospiti senza permesso di soggiorno decisero di lasciarci. La cosa fece rumore, e allora abbiamo pensato di prenderci questa cautela. Eravamo in pausa, quindi le siamo venuti incontro. Dunque, come padrone di casa, la invito a entrare», e mimò una sorta di ossequioso inchino.

Fece strada attraverso un corridoio, illuminato dalla fredda luce invernale che premeva contro i finestroni. Tutto era pulito e ordinato, anche se c'era un penetrante odore di spezie.

Madeiro si precipitò a commentare:

«Cerchiamo di fare in modo che ognuno possa mantenere le sue abitudini. Aiuta per l'inserimento graduale. Questi sono i miei collaboratori.»

Madeiro presentò le donne e gli uomini che erano con lui, però Massimo registrò solo il nome della ragazza bionda, che stava un po' in disparte a braccia conserte. Susanna, disse Madeiro; ma lei si limitò a un rigido cenno del capo, senza tendergli la mano.

Negli occhi azzurri, nella linea della bocca, nelle sopracciglia di lei Massimo riconobbe i segni di un malcelato disprezzo.

Madeiro lo accompagnò per tutte le stanze, seguito

dal codazzo dei collaboratori. Ogni cosa gli fu mostrata come se si trattasse di un ispettore di qualche istituzione competente. Massimo non era particolarmente interessato, e soprattutto lo infastidiva il fatto che Madeiro continuasse a citare sua figlia: Cristina amava questo, Cristina amava quello, Cristina sosteneva che, Cristina era convinta di, Cristina era impegnata in questo, ma anche in quest'altro, Cristina aveva a cuore una nuova iniziativa, Cristina e la salute dei bambini più piccoli. Cristina sempre e comunque. Ogni volta che il nome della figlia cadeva dentro il discorso, Susanna aveva dei moti sin troppo evidenti di fastidio.

Alla fine del giro, Massimo spiegò:

«Signor Madeiro, la ringrazio per la visita, tutto molto interessante. Ma io sono qui solo per capire l'importanza dell'associazione nella vita di mia figlia, alla quale forse sono stato troppo poco vicino. Tutto qui.»

Susanna ridacchiò, in maniera completamente incongrua. Madeiro allora prese per il braccio Massimo e gli disse, non senza aver lanciato uno sguardo di monito alla ragazza:

«La prego, professore, venga con me in ufficio. Prendiamoci un momento a tu per tu.»

Lo condusse in una stanza con una scrivania e due sedie, riscaldata da una stufetta elettrica. Sulle pareti una sequenza di attestati e fotografie. In moltissime compariva, fiera e sorridente, Cristina, sempre al fianco di Ramon. Massimo sentì una fitta di malinconia.

Madeiro lo invitò a sedere davanti a lui.

«Professore, Cristina era una figura imprescindibile per tutti noi. Era la vera anima di questo luogo. Quando abbiamo cominciato, eravamo tre persone che facevano volontariato per gli immigrati che lavoravano in nero nei campi qui attorno. Si parla tanto di oro rosso e di caporalato nel Sud, ma qui non è diverso: lo sfruttamento esiste e dilaga. Adesso, sei anni dopo, siamo un punto di riferimento per tutti quelli che arrivano qui senza permesso. E il merito è interamente di sua figlia.»

Massimo lo guardava, calmo:

«Mi dica di lei. Che cosa la spinge a occuparsi di questa associazione?»

Madeiro, consapevole del fascino del suo sorriso, lo esibì anche con il severo professore:

«Io sono colombiano. Sono un musicista, e sono nel vostro paese da venticinque anni, ne avevo venti quando sono arrivato nella stiva di un mercantile, durante la traversata ho avuto a che fare con così tanti topi che alla fine abbiamo fatto amicizia. Ho vissuto da clandestino e so quello che significa, so che cosa si patisce. Appena ho potuto ho voluto dare una mano, con l'aiuto di sua figlia abbiamo messo in piedi tutto questo.»

«Quindi» chiese Massimo «mia figlia ha finanziato questa associazione?»

«Sì, certo» disse Madeiro, «la società del marito di Cristina è stata tra i principali finanziatori del progetto, e questo vale per gran parte delle attività che animano la zona. Ma non è solo questo. Cristina si è impegnata personalmente, e il suo esempio è stato fondamentale per attrarre tanti altri finanziatori. Possiamo dire che non c'era signora in città che non volesse imitare quello che faceva lei. Era una donna meravigliosa. Di grande umanità.»

Massimo lo fissava intensamente. C'era qualcosa in quell'uomo che suonava stonato, ma non sapeva metterlo a fuoco.

«Mi dica una cosa, Ramon: Cristina e suo marito rientravano da qui quando c'è stato l'incidente. Era una festa, vero?»

Madeiro assunse un'espressione di grande tristezza:

«Sì, esatto. Era un ricevimento che si chiudeva con un concerto. Deve sapere che ho messo in piedi una piccola orchestra di bambini e ragazzi. La società del dottor Petrini ha acquistato gli strumenti, hanno suonato musiche tradizionali, abbiamo perfino ballato. Lei, Cristina, era radiosa e felice. È terribile ricordarla così piena di vita.»

Il professore evitò l'invito a sciorinare parole di circostanza:

«E ha notato qualcosa di strano? Per esempio se mio genero aveva bevuto, o se c'è stata una discussione. Se ha ricevuto una telefonata mentre era qui, qualsiasi cosa.»

L'uomo aggrottò la fronte, come se stesse cercando di ricordare. Ecco cosa dava l'impressione della finzione: la teatralità degli atteggiamenti. Prima il sorriso accogliente, poi la tristezza, ora la serietà della rammemorazione: quel volto era liquido, mutevole, d'una pasta sulla quale ricamavano l'occasione e l'opportunità. Non si poteva però negare la possibilità che si trattasse semplicemente della sua natura.

«Francamente non ricordo niente di strano, professore. Il dottor Petrini, che le rare volte che è venuto mi era parso un po' annoiato, e lo capisco perché a un uomo d'affari di così alto livello le nostre piccole cose possono sembrare non dico fatue, questo no, ma certamente marginali, accessorie, sorrideva e si divertiva. Ha perfino cantato con noi, a un certo punto.»

Massimo provò a insistere:

«E non ha bevuto? Non ha assunto sostanze che possono aver contribuito a provocare l'incidente?»

Madeiro scosse vigorosamente il capo:

«No, noi qui non teniamo alcolici, per carità. E nemmeno ricordo telefonate. Il bambino, Checco, stava con i suoi coetanei e a un certo punto è venuto a chiedere a Cristina di comprargli un violino, perché lo aveva visto suonare a Paco, un ragazzino dei nostri. No, le assicuro che qui non è successo niente. L'ho detto anche al poliziotto che si è presentato il giorno dopo, un certo...»

«Caruso, forse?»

Madeiro s'illuminò:

«Sì, esatto, proprio lui. Non è successo niente di niente.»

Massimo fece per alzarsi:

«Grazie, signor Madeiro. Sono contento di aver fatto la sua conoscenza...»

Ramon però lo fermò:

«Aspetti, professore, la prego. Io devo dirle... So che esiste la possibilità che lei, in qualità di tutore di Checco... Noi, vede, non possiamo prescindere dall'aiuto dell'azienda di suo genero per tirare avanti. Non solo per quello che fa direttamente, ma per l'indirizzo che dà a tutta la beneficenza della città. Già dover fare a meno di Cristina, della sua presenza... lei era una specie di principessa, sa. Una fata, che risolveva ogni problema. Devo chiederle di rispettare quella che certamente sarebbe stata la sua volontà, di mantenere in vita la nostra associazione. Ci posso contare, sì?»

Massimo restò a osservarlo per un po':

«Una volta che sarò riuscito a capire quale era esattamente la volontà di mia figlia, stia sicuro che mi comporterò di conseguenza. Arrivederci, signor Madeiro.»

Andando verso l'uscita si imbatté in un gruppo di bambini che si rincorrevano per i corridoi, sorvegliati da Susanna, la ragazza bionda. I bambini sparirono dove il corridoio piegava a destra. Massimo e Susanna restarono per un tempo sproporzionatamente lungo a squadrarsi, occhi negli occhi.

Poi, ostentando disinteresse, la ragazza gli voltò le spalle e proseguì verso i bambini, che ora tornavano indietro, spensierati.

Madeiro ne riconobbe uno da lontano e lo chiamò: «Faustino! Andiamo a fare due tiri!»

Il ragazzino uscì dal gruppo e volò letteralmente verso il cortile. Cercarono la palla e presero a ballarle intorno, incerti su chi dovesse essere il primo a calciare. Massimo restò a lungo a contemplare con che destrezza l'adulto e il ragazzo si dividevano il possesso della palla.

«Ehi, professore!» gridò Madeiro. «Ha visto che roba? Questo qui mi vien su come un nuovo Faustino! Ma lei se lo ricorda Faustino? Ha lasciato una bella memoria di sé, da queste parti. Veniva da Santo Tomás, non lontano da Barranquilla, dove sono nato io.»

Il ragazzino gli stava sotto, Madeiro arretrava, sembrava, a braccia larghe come stava, un puparo che manovra i fili. «Questo qui farà faville, glielo dico io» sostenne entusiasta.

Massimo immaginò di aver trovato la variabile giusta per capire il sistema complesso di equazioni che cercava di risolvere.

XXXII

Riattraversando la pianura innevata, Massimo fece una cosa che gli era profondamente aliena: usò il cellulare.

L'operazione fu complessa. Estrazione degli occhiali da vista, accensione dello strumento che era di quelli che si chiudevano a conchiglia e quindi il reperimento del tasto di accensione prevedeva una specifica attività di ricerca, pesca nel portafoglio del pizzino sul quale era stato trascritto il numero di cui aveva bisogno, digitazione dello stesso su tasti troppo piccoli per la dimensione della sua falangetta, attesa della risposta.

Che arrivò, con il prevedibile tono di sospetto dato dalla mancata conoscenza del chiamante e dal carattere della persona.

Fece la sua richiesta, e l'immediata adesione lo stupì un po'. La persona gli chiese dove si sarebbero incontrati, e lui poté dare un appuntamento solo con il contributo dell'autista Filippo. Concordarono il luogo, fissarono l'ora.

Massimo allora si mise a raccogliere le idee, e si rese conto che, per la prima volta da quando era arrivato, la giornata era finalmente limpida. Una tagliente tramontana aveva ripulito l'aria e, a prezzo di un ulteriore calo della temperatura, il paesaggio era di sorprendente bellezza. Massimo lo ammise con se stesso. La neve luccicava al sole, e nuvole di polvere bianca, scosse dal vento, si staccavano dalle chiome rade degli alberi e cadevano a terra.

Due cani si inseguivano festanti davanti a un casale, affondando nella neve fresca e soffiando nuvole di fiato caldo dalle fauci aperte.

Pensò a Cristina, e si chiese se, davanti a quella tranquilla campagna, fosse mai stata toccata dalla malinconia, se il biancore accecante le avesse mai rammentato il blu accecante del suo mare. Il bianco della neve, il blu del grande mare. Fra l'una e l'altra visione chissà se aveva mai sentito l'elastico del rimpianto, della terra che aveva lasciato.

Magari, prima della fine, aveva pensato di aver sbagliato, di aver fatto una scelta per amore, e quindi, proprio perché dettata dall'amore, forzatamente avventata e parziale.

Pensò a se stesso, e a come avesse dovuto rinunciare alla carriera universitaria per amore. Non aveva avuto scelta. Da una parte la meraviglia dei numeri, la prospettiva di studiare e di arrivare all'enunciazione di un teorema che magari avrebbe portato il suo nome, dall'altra la meraviglia di Maddalena incinta, la prospettiva, vicinissima, di una vita assieme, di una vita che avrebbe avuto bisogno di una casa in cui trasferirsi, di un lavoro sicuro, di certezze concrete come la creatura che sarebbe nata.

Doveva essere onesto, adesso che stava per risolvere l'equazione del destino di sua figlia e di suo marito, e quindi di suo nipote. Non aveva mai avuto rimpianti.

Il rimpianto suona sempre stupido, soprattutto quando non hai scelta. Si può rimpiangere di aver percorso una strada sbagliata solo se avevi davvero un'alternativa, se transitando per un incrocio hai dovuto preferire una via all'altra. Per lui non era stato così. E non si era mai voltato indietro. Era tanto biasimevole essersi rimesso a studiare, quando si era ritrovato solo? Era così terribile aver pensato di ritrovare quella parte di sé a cui aveva rinunciato?

Gli effetti raccontano le cause, e quando era insorta la variabile sbagliata, quella che aveva comportato la situazione in cui Checco si trovava adesso, in bilico tra la vita, la morte e un'esistenza senza dignità, lui non c'era. Lui pescava, calcolando il moto ondoso e le evoluzioni dei banchi di pesce azzurro.

Si arrovellava dentro quei pensieri mentre l'auto rientrava in città. Il cielo terso, la limpidezza dell'aria ora facevano respirare anche quelle case, quelle strade da cui si era sentito aggredito. A una finestra si sporse una donna e per un attimo pensò a com'era bella quella figura che vedeva per la prima volta e, soprattutto, dal comodo sedile di una berlina. Gli venne in mente il popolo che, in quella città, un secolo prima, era stato un popolo semplice, combattivo, legato alla campagna. C'era stato un tempo di contadini e artigiani, fra quei vicoli, in quelle piazze che ora rivelavano, complice la luce nuova, la loro severa bellezza. Una donna alla finestra, Maddalena, Cristina, il pesce azzurro, il candore infallibile di una equazione: avrebbe voluto abbandonarsi, non scendere più da quell'auto, dire a Filippo portami dove vuoi. Non si poteva. Aveva un appuntamento. *Caro nome che il mio cor festi primo palpitar*, gli tornò in mente l'aria che Maddalena ascoltava rapita. Quanto beato disordine dentro di sé.

L'auto si fermò davanti all'ingresso di un locale del

centro, la vetrina letteralmente invasa da dolciumi coloratissimi. Il sole aveva incoraggiato un maggior passeggio, e le strade erano molto più trafficate del solito. Signore impellicciate camminavano al braccio di uomini con cappelli e paraorecchie, che forse avrebbero preferito stare a casa. Ragazzi con giubbotti leggeri si muovevano a gruppi. Era sabato, le scuole erano chiuse. E i più giovani non avevano certo timore del freddo tagliente. Anzi.

Massimo congedò Filippo, e fece forza contro la porta del locale. Era una pasticceria raffinata, le decorazioni di fine Ottocento erano state restaurate di recente: sulle pareti si inseguivano uccelli colorati tra fronde verde chiaro che salivano su per il soffitto. Il motivo floreale si rincorreva anche sulle colonnette che dividevano la sala in tre aree diverse, occupate da tavolini rotondi di palissandro bordati di rame. Si guardò attorno, e vide la persona che doveva incontrare seduta a un tavolo d'angolo, con una tazza di cioccolata davanti.

Si tolse il cappotto, lo piegò e, una volta seduto, se lo appoggiò sulle ginocchia. Fu allora che Alba chiese:

«C'era proprio bisogno di farmi venire qui?» Gli fece segno che poteva appendere il cappotto agli eleganti ganci di legno dietro di lui. «Sai bene che sono in procinto di togliere la sedazione, e io preferisco stare vicino a lui.»

Massimo era preparato:

«Sì, lo so, e non lo lasceremo solo. Ma mi mancano dei dettagli e ho bisogno di te. Tu sei una delle poche persone che mi possono aiutare.»

Alba si agitò sulla sedia:

«Una volta per tutte, ti ripeto che io non so niente. E se anche sapessi, non ha alcun senso parlare adesso. Loro sono morti. Dalle mie parti si dice che i ricordi vanno tenuti con cura, come le tovaglie buone. A mangiarci sopra, si sporcano. Perché non lasci le cose come stanno? L'unica cosa che importa, adesso, è la salute di Checco.»

Chiese anche lui una cioccolata, per comodità, la guardò, fece di più, la scrutò in fondo agli occhi e disse:

«Non è per loro, Alba. E non è per me, né per Checco. Ma se dobbiamo andare avanti, e hai ragione, dobbiamo farlo per forza, allora su quello che c'è alle spalle non ci devono essere ombre. Altrimenti tutto continuerà a muoversi nel verso sbagliato. Credimi, è così. E io non mi fermerò finché non avrò tutti gli elementi per allineare le cose nel senso giusto. È difficile da capire, lo so: ma è così. Perciò ti prego, ascoltami.»

Le disse della visita all'associazione, di quello che aveva visto, e di quello che gli avevano raccontato. Le disse delle impressioni che aveva avuto, delle parole e degli sguardi. Le disse di Ramon Madeiro, e le disse della ragazza bionda, Susanna, e del suo atteggiamento.

Cercò di essere il più sintetico possibile, ben sapendo che identificare ogni elemento di quella vicenda aiutava anche lui a mettere ogni numero al suo posto, o quantomeno a provarci.

Alba lo seguiva con attenzione e crescente partecipazione. Lei era l'intuito, la comprensione del tutto senza la necessità della conoscenza delle parti, lei stabiliva i collegamenti sentimentali: la sua visione era un complemento necessario di quella di lui.

Alla fine restarono in silenzio, le mani strette alle tazze di cioccolata per prenderne il calore. Attorno a loro risate, chiacchiere e tintinnio di stoviglie.

A quel punto toccò ad Alba prendere la parola:

«Io ti posso raccontare solo una cosa. Il resto sono impressioni, sensazioni. E magari sono sbagliate. Però mi fido di me, e quindi penso di sapere. Se vuoi, io ti dico. Ma che sono solo sensazioni ti deve essere chiaro, chiarissimo. Va bene?»

«È quello che mi serve, Alba. È quello che non ho.» E lei cominciò.

XXXIII

Se stai nove anni in una casa, impari a conoscere l'odore dell'aria.

Si potrebbe pensare che è sempre lo stesso, specialmente in questi posti dove tutti sorridono e in pochi ridono, o dove tutti corrugano la fronte e nessuno piange. Si impara a leggere dietro le pieghe del volto, tra il destarsi e il declinare di un sorriso, dentro i toni della voce.

Certo, bisogna avere un minimo di sensibilità. Io credo che con la signora Cristina, quando fece visita in fabbrica e poi chiese al dottore di portarmi a casa, funzionò così: ci riconoscemmo, sensibilità e sensibilità, a specchio. Una specie di corrente elettrica.

O forse fu Checco, che era ancora dentro di lei. Perché anche con lui ci siamo riconosciuti, sai. Una mamma e un figlio, non perché lui la mamma non ce l'avesse, anzi, lui e la mamma erano una cosa sola, se una paura ho per quando si sveglierà è quella, dovergli dire che non c'è più.

Perché Checco si sveglia, sai. Io me lo sento, l'ho sempre saputo, dal momento in cui mi hanno detto che lui no, lui non era morto nell'incidente. Se non è morto, vuol dire che non doveva morire. E se non doveva morire, vuol dire che deve vivere, ti pare? Altrimenti che senso ha?

E quindi ti dicevo, io e la signora Cristina ci siamo riconosciute. Forse perché tra le due la più straniera era lei, che veniva dal sole e dal mare e qui c'è poco di uno e niente dell'altro. Sapessi in quante miravano a quel posto e mai mi perdonarono di essermelo preso io senza avere nessuna conoscenza, nessun contatto – e qua sanno tutto di tutti, peggio che in un paesino delle parti mie. E straniera ero io ma fiera, niente mi importava e niente mi importa di quello che pensano gli altri.

Ecco, questa cosa te la devo dire: non pensare che tua figlia abbia dovuto combattere, che abbia sofferto, che abbia lottato. La signora Cristina rideva, e ridevamo insieme della meschinità e della stupidità delle signore che girano in pelliccia e gioielli nel teatrino dei salotti e dei salottini. Nessun dolore, nessuna sofferenza. L'invidia, come la pioggia, batteva sulle finestre chiuse, e noi stavamo dentro. Alla signora Cristina bastava quello che aveva.

Fino a un certo punto.

Non posso far altro che dividere questo racconto in quattro, con un episodio a parte.

Quando è nato Checco, e fino ai suoi cinque o sei anni, prima parte.

La nonna, la mamma del dottore, capiva ancora qualcosa ed era anche una persona allegra, alla signora Cristina piaceva, perché forse sentiva la mancanza di sua madre, era sempre in casa con noi. E Checco, lui riempiva le giornate: un bambino curioso, divertente, non piangeva mai, affamato di storie, tante ne ascoltava e tante ne raccontava. Io ti ho conosciuto così, sai, attraverso i racconti di Checco: il nonno pescatore, eri diventato una storia tu stesso.

E il dottore, mai visto un uomo più innamorato, per lui le quattro parti del racconto sono tutte uguali, niente fuori dal lavoro e dalla famiglia, devo dire dalla moglie, perché ho sempre avuto l'impressione che Checco fosse un segmento della signora Cristina, che fosse amore di riflesso: invece quando gli occhi del dottore si posavano sulla signora, be', prendevano un'altra luce. La signora allora era concentrata sulla vita in famiglia, sugli spazi che la famiglia occupava, sulla casa. Non c'era bisogno di nient'altro, se aveva voglia di parlare lo faceva con me, ma non era poi una che parlasse tanto, lo sai, magari aveva preso da te. Sorrideva molto, però, e ho idea che tu invece non sorridi abbastanza. Ma in questa prima parte, che possiamo chiamare della serenità, il profumo era quello del sorriso della signora Cristina.

Poi Checco cominciò a frequentare la scuola.

Era un equilibrio sottile, me ne accorsi quasi subito. Sembrava tutto così solido, e invece una cosa prevedibile e normale come la scuola del bambino arrivò come un lento, lungo terremoto. La mamma del dottore si ammalò, e in quei primi tempi di quella terribile discesa all'inferno lui stava tanto con lei. Era giusto così, però la signora restava da sola, leggeva, parlavamo, e il profumo nell'aria non era più quello del sorriso, ma quello della malinconia.

Il dottore se ne accorse, però non poteva fare niente. Iniziò a invitare persone, ogni sera si riceveva, d'estate in terrazza e d'inverno in salotto, e la signora non diceva nulla, era una padrona di casa perfetta, ma non si accendeva mai. Cominciava ad accendersi veramente solo quando Checco tornava da scuola, e tornava tardi: aveva il tempo pieno, le lezioni d'inglese, la musica e lo sport, i bambini di adesso hanno una giornata che nemmeno un dirigente d'azienda.

Per fortuna entrò in scena la sua amica, Monica. Io ho sem-

pre immaginato, anzi ne sono sicura, che quello fu un incontro concordato, una speranza condivisa dai due mariti; forse Monica era un po' irrequieta, diciamo così. Almeno un paio di volte, mentre era da noi, ho colto delle confidenze un po' azzardate. Sai, qui è così, è come un lago, dall'esterno sembra tutto placido e sotto abissi e correnti.

La signora Cristina ascoltava e sorrideva, però teneva un po' le distanze. Lei non era di qua, non era un pesce di lago. Stava a casa, e cercava di riempire la solitudine: ma era la solitudine ad allargarsi.

Fu proprio il dottore a spingerla verso la beneficenza. Erano cose che faceva la madre quando stava bene, senza moltissimo impegno, come fanno le signore di qui, ma dato il nome e il vantaggio fiscale delle donazioni qualcuno della famiglia doveva essere presente; il dottore ne parlò con la signora Cristina, e lei accettò.

Solo che la signora Cristina non faceva le cose per dovere di rappresentanza: o non le faceva, o le faceva per bene.

Cominciò così la terza stagione, quella dell'impegno. Un po' alla volta si innamorò di quelle donne e di quei bambini, che arrivavano dalla guerra, dalla miseria, dalla violenza e qui cercavano paradisi. Paradisi non ce ne sono per nessuno e quelli trovarono solo porte chiuse, nuova fame e nuova disperazione. Dieci, cento volte la signora mi chiedeva di raccontare di me e di quelle come me, delle strade che avevamo fatto e di quelle che ancora facevamo quando eravamo qua. Un mistero: era come se per la prima volta si accorgesse del mondo, di com'era, e, tutt'a un tratto, si dispose a volerlo diverso, a volerlo giusto.

No, non l'ho mai accompagnata in quel posto. Non so perché, forse mi faceva un po' paura vederla là, troppo sangue, troppa passione in quei racconti. Forse avevo capito, forse non volevo capire.

Non parlava praticamente d'altro, la signora Cristina. Quando si vedeva costretta a cambiare argomento era distratta, la testa restava lì. Anche Checco se ne accorgeva, però c'ero io e tutto si aggiustava, c'erano altre cose da fare e da dire, c'era sempre un fronte da aprire.

L'ultima estate che è venuta sull'isola lo ha fatto perché Checco l'ha costretta. Lui viveva per quei giorni, li sognava tutto l'anno e lei non se l'è sentita di toglierglieli, ma fosse stato per lei, ne sono certa, sarebbe rimasta qua. Era proprio cambiata.

Il quarto spicchio di quelli che ti ho promesso all'inizio – prova a pensare la sua vita come una mela e sarà più semplice – è quello della felicità.

Perché la signora Cristina è diventata, nell'anno che è finito con la sua morte, una donna felice. Io l'avevo conosciuta allegra, serena e divertente, poi l'avevo vista piena di crescente malinconia, poi fieramente e duramente impegnata per cambiare il mondo; e sempre madre e sempre moglie, profondamente consapevole dei ruoli che aveva.

Alla fine però era felice. C'era un altro profumo nell'aria ed era come se fosse apparso un arcobaleno di sentimenti, e lei camminava sulle nuvole, sorrideva e rideva da sola, cantava e capitava perfino che ti abbracciasse scoccando quei sonori baci che erano i suoi. Era felice. E dato che la felicità è una complicazione, si era rivelata egoista: non lo era mai stata prima.

Non so dirti come abbia fatto il signor Luca a non accorgersene, la verità è che non si vede dove non si guarda e lui, proprio quest'anno, aveva altri problemi che lo assorbivano ed erano la paura e il dolore, l'inquietudine e la tristezza. Era strano, lui triste e lei felice, nella stessa stanza e nello stesso tempo, ma così presi da sé che l'una non vedeva l'altro, e viceversa. Io sì, però. Io sì.

E non solo io.

Ti ricordi che ti ho parlato di un episodio? Fino a qui ti ho raccontato impressioni. Un mese fa però è successo qualcosa che ha a che fare con Checco.

Sai, lui disegna. È bravissimo. Ho interi album suoi, ti posso far vedere il passaggio dagli scarabocchi alle figure e ai paesaggi. Qualche settimana fa, all'improvviso fa questo disegno, con un muro alto e da una parte lui e il padre, dall'altra la madre. Ed entrambi i genitori che gli danno le spalle.

Io gliel'ho chiesto, a Checco, perché aveva fatto quel disegno. E lui mi ha detto che voleva partire, ma da solo. E dove vuoi andare?, ho domandato io.

E lui sai che cosa mi ha risposto?

Voglio andare a pescare. Mi ha risposto così.

XXXIV

Mancava un passo, quello della conferma. Perché ciò che ti insegna la matematica è che si deve andare fino in fondo, e ogni valore ha il peso che ha, né un millesimo in più né un millesimo in meno. Massimo lo sapeva, ma sapeva anche di aver perso sicurezze. Era un rischio che col metodo scientifico bisognava mettere in conto: se commetti l'errore di avere un pregiudizio, quello sarà il primo a essere smantellato. La donna che emergeva dal racconto di Alba era un'altra persona rispetto a quella che aveva immaginato essere sua figlia. Lui aveva in mente una bambina intelligente, ironica, un'adolescente conflittuale, una giovane disperata per la malattia e la morte della madre. E poi una bella signora serena, che lo tranquillizzava al telefono e che sembrava aver preso una strada sicura, per un viaggio senza scossoni. Ora doveva fare i conti con una donna che invece aveva conosciuto un percorso a ostacoli, irto di difficoltà e disseminato di curve, sull'ultima delle quali si era letteralmente schiantata.

Gli mancava ancora almeno una persona. Una con cui non aveva mai parlato, ma della quale aveva incontrato gli occhi. Occhi parlanti, come diceva una canzone della sua terra lontana. Doveva dare voce a quegli occhi, e non era semplice.

Usò di nuovo il cellulare, sentendosi un uomo del terzo millennio. Stavolta chiamò Pancaldi, e gli disse senza mezzi termini cosa gli serviva. Non un compito facile, quello che inflisse al vicepresidente, bisognava raggiungere un secondo livello senza passare dal primo: era necessario contare su una dimensione di totale inconsapevolezza, altrimenti fatalmente il dialogo sarebbe stato filtrato o preparato, perdendo di senso.

Dopo due ore l'auto scura giunse nel cortile dell'ospedale, dove Massimo attendeva in piedi sotto una tettoia. Era ormai sera, ed era comparso uno spettacolare cielo stellato terso e luccicante.

Pancaldi scese dall'auto e trotterellò verso di lui:

«Buonasera, professore. Mi scuso per il tempo che mi ci è voluto, ma non è stato facile. A lui ho detto che era la polizia a volere un chiarimento sulla festa, un'integrazione della dichiarazione spontanea. Voleva per forza accompagnarla, ma io gli ho spiegato che sarebbe sembrata una specie di coercizione.»

Massimo fece una smorfia:

«E se poi glielo dovesse riferire?»

L'altro sfoderò un sorriso che sembrò feroce:

«E chi se ne importa? Pensi pure quello che vuole. È lui che dipende da noi, non viceversa. Stia tranquillo, professore. Gliel'accompagno nel salottino all'interno.»

Mentre Massimo cercava ancora di scongelarsi, Pancaldi introdusse Susanna.

La ragazza non parve sorpresa, lo sguardo era duro e le labbra tiratissime come nell'incontro che avevano avuto quella stessa mattina.

Il vicepresidente mormorò che li avrebbe attesi fuori e uscì. Massimo fece cenno alla donna di sedersi davanti a lui, e lei si accomodò, le mani intrecciate sull'ampia gonna a fiori.

Fu lei a parlare per prima:

«Lo sapevo che la polizia non c'entrava niente. L'ho capito subito, quando Pancaldi mi è venuto a chiamare. Ramon parlava, parlava, si raccomandava, ma io lo sapevo che era lei.»

«E come lo ha capito, scusi? E che cosa le raccomandava, Madeiro? C'è qualcosa da nascondere, sulla serata della festa?»

Inaspettatamente, Susanna rise. Era davvero bellissima, i lineamenti delicati e le labbra piene che si schiusero per scoprire denti bianchissimi. Ma quella risata non aveva nulla di allegro.

«No, no, tranquillo. Non c'è nulla da nascondere sulla festa. Niente alcol, nessuna lite, niente scenate. Tutto è andato esattamente come le avrà raccontato lui. E si senta fortunato, perché mente quasi sempre.»

Massimo la fissava:

«Mi dice per quale motivo ce l'ha con me, per favore? Sono curioso. Non ci siamo mai incontrati, non posso averle fatto niente di male, né immagino di potergliene fare. Eppure non ho mai sentito tanta ostilità. Nemmeno dagli studenti che, senza fare sconti, ho bocciato.»

Suo malgrado, Susanna sembrò divertita dall'accostamento. Poi tornò il gelo.

«Non mi ha fatto niente, dice. E invece sì che l'ha fatto. Non consapevolmente, magari; e non di recente. Ma le posso assicurare che se c'è qualcuno che mi ha fatto del male, be', è proprio lei. Insieme alla sua defunta signora.»

Massimo si passò una mano sul mento come se fosse arrivato a uno snodo di pensiero.

«Ce l'ha con mia figlia, dunque.» Fece una pausa, che tuttavia non bastò a rovistare nel cuore di Susanna. «C'è astio nelle sue parole. E c'è astio anche per Ramon Madeiro. Come mai?»

La ragazza rimase in silenzio, e Massimo, che poteva intuire il flusso dei suoi pensieri, l'anticipò:

«Nemmeno una parola di quelle che ci diremo verrà riferita a chicchessia. Sto ricostruendo l'accaduto, o meglio il caos che precede l'accaduto. Sono sicuro che lo stesso Madeiro sarebbe pronto a raccontare tutto. Ma in tal caso farei fatica a distinguere il falso dal vero. È per questo che siamo qui. Non ho mai avuto molta confidenza con le emozioni, con i terremoti sentimentali. Ma capisco che sono di fronte a un grande imbroglio e che ogni attore di quell'imbroglio si porta dentro un nodo, un grumo di nodi. Forse per lei sarà più facile arrivare alla conclusione per cui tenersi dentro quei garbugli alla fine fa solo male.»

Susanna parlò, la voce bassa e priva di espressione:

«Se ho delle remore non è certo perché ho paura di quello che devo dire, né perché temo lui o quello che può farmi. Mi ha già fatto tutto quello che poteva, d'altronde. Piuttosto mi chiedo a quale scopo venirle incontro. Forse solo perché è meglio dirle le cose come stanno e togliersi un peso dallo stomaco.» Cercò nella stanza un punto su cui posare gli occhi, per raccogliere le idee. Non lo trovò. «Io ho desiderato la morte di sua figlia. Le piace questa frase? Era questo, che voleva sentirsi dire? L'ho desiderata con tutte le mie forze, come un bambino aspetta il suo regalo di Natale, come una madre aspetta una lettera dal fronte. Io volevo che sua figlia morisse, capisce? Lo volevo. Ed è successo.»

Massimo attendeva. Ancora una volta avvertì uno sdoppiamento, come se una parte di sé osservasse l'altra, una mobile, aerea, spirituale, l'altra fisica, corporea, e questa riceveva una testimonianza di odio.

Susanna continuò:

«Lei, bella ed elegante e ricca com'era. Lei, che utilizzava i soldi per tenerlo per le palle, per farlo correre di qua e di là come un cagnolino. Lei, che aveva bisogno di un giochino per uscire dalla sua vita dorata, dalla noia. Lei, che sapeva benissimo di me e di noi, e che se n'è fottuta completamente perché era un'egoista di merda.»

Spostò di nuovo gli occhi su di lui:

«Non la conosceva, sua figlia? Non sapeva di cosa era capace, con quella faccia da madonnina infilzata, lei e la sua fama di dama, con tanto di maritino cornuto e figlioletto complessato?»

Massimo fece per parlare, ma la voce non venne fuori. Tossì, e infine chiese:

«Da quanto... da quanto durava?»

Lei si strinse nelle spalle:

«Posso dire quando l'ho saputo con certezza, circa due mesi fa. Prima, certo, qualche dubbio ce l'avevo. Tutte quelle riunioni, gli incontri, e lui che andava in città sempre più spesso. Gli sguardi, le risatine, l'intesa, quella era sempre più evidente. Ma mi illudevo che fosse lui, il suo modo di fare, in fondo era fatto così, faceva sempre quell'effetto lì. Finché una volta l'ho seguito. E ho visto. È incredibile quanto si riesca a non vedere quando non si guarda.»

Massimo ebbe un déjà-vu, prima di ricordare che era la frase pronunciata da Alba.

«Andavano in un posto fuori città, una specie di bed and breakfast, un cesso peraltro, per essere certi di non incontrare nessuno. Ci arrivavano ciascuno con la sua macchina, posteggiavano lontano, il resto della strada lo facevano a piedi. Sapevano nascondersi. Io però li ho sgamati ugualmente. Il bugiardo e la troia.»

Massimo tacque. Lei non ci poteva credere: totale mancanza di reazione.

«Io non avrei detto niente, sa? Me ne sarei andata, e vaffanculo tutti. Tanto questo posto mi soffoca, me ne sarei tornata a Torino e avrei ripreso a vivere. Se non fosse stato per questo.»

Si diede una pacca leggera sulla pancia, trattenendo la violenza che era chiara nei tratti del volto. Lui sussultò e lei fece un ghigno feroce:

«Lui scopava con sua figlia, e io restavo incinta di lui. Contemporaneamente. Che sincronia!»

Il professore finalmente fu tentato da una curiosità:

«Glielo ha detto? Gliene ha parlato?»

E Susanna:

«Certo che sì. L'ho aspettato sveglia. Quando è tornato l'ho affrontato. Mi dice che è per i soldi, che è necessario altrimenti si chiude. Che così anzi le donazioni sarebbero aumentate, e lui avrebbe messo da parte quello che serviva per potercene andare, io, lui e il bambino. Dovevo solo avere un po' di pazienza. Un po' di pazienza?»

Oltre i vetri Massimo distinse le luci della macchina a

motore acceso. Immaginò Pancaldi col cappotto chiuso fino al collo, nel caldo tropicale della berlina.

Disse:

«E lei ci ha creduto?»

Susanna si strinse nelle spalle:

«Boh. Magari era vero, di fronte ai soldi quello farebbe qualsiasi cosa. Ma io, io desideravo lo stesso che lei morisse.»

All'improvviso gli occhi le si riempirono di lacrime:

«Che Dio mi perdoni, io lo desideravo davvero.»

XXXV

Ai margini della città nuova, quella cresciuta a ridosso delle antiche mura, si levava un'unica piccola altura, un anticipo delle colline di cui nelle giornate più chiare era visibile il morbido profilo.

Un'altura tanto più evidente in quanto intorno c'era solo pianura, un allungarsi a perdita d'occhio di campi coltivati, dove spiccavano a macchia case coloniche, casolari isolati, silos e, lungo le strade provinciali e zonali, qualche piccola industria. La collinetta era una gobba verde, con in cima un boschetto di alti ontani neri, sorbi, roverelle.

La donna arrivò correndo, visibile prima per il fiato bianco che per la tuta colorata. La corsa era fluida e uniforme nonostante il dislivello, passi lunghi e braccia che salivano e scendevano alternate, i capelli raccolti sotto un cappello di lana.

Giunta in cima si fermò, per fare un po' di stretching. Non sembrava a suo agio: l'esercizio fisico era nervoso, ogni scatto, per quanto disciplinato, tradiva ansia.

Prima che si accingesse a riprendere la corsa in discesa, l'uomo uscì dal folto di cespugli di corniolo e biancospino dove attendeva, gli occhi fissi sulla strada poderale. Monica Lezzi lo riconobbe, e sembrò solo vagamente sorpresa. Tolse gli auricolari e li ripose nella tasca della giacca a vento.

«Come sapeva che sarei venuta qui?»

Massimo si strinse nelle spalle, senza togliere le mani dalle tasche del soprabito:

«Sa, ho imparato che per qualche segreta ragione ho un ascendente sugli attuali vertici dell'azienda che è stata di mio genero. E che questi vertici sanno un sacco di cose, e sono molto desiderosi di rispondere alle mie domande senza chiedere il perché e il per come. Strano, eh?»

La donna fece una smorfia che assomigliava a un sorriso, e restò a fissare Massimo. Vista così, senza trucco e un po' ansimante per la corsa, sembrava molto giovane e anche meno sicura di sé.

«Immagino che, per essere venuto sin qui, lei pensi di avere le domande giuste. È così?»

«Sì, forse sì» fece il professore. «Mi pare di aver messo in fila tutti i numeri, ma gli ultimi dovrebbe averli lei. E se non li ha, vuol dire che sono perduti per sempre e resterà tutto nell'ambito delle possibilità.»

C'era curiosità nei suoi occhi, eppure Massimo non poté fare a meno di cogliervi un'incrinatura, un velo di tristezza.

«E mi dica, professore: se anche li avessi, questi numeri di cui parla, perché dovrei darglieli? Che motivo avrei, in fondo? Forse sarebbe più pietoso, più umano, lasciare in lei e in tutti quanti l'idea che possa essere andata come dicono. Che sia stato un tragico incidente, e basta. È inverno, no? Ne succedono tanti in inverno, di incidenti. Un po' come la pallottola a salve in un plotone di esecuzione, ricorda? Per stare in pace con la coscienza. Forse dovrei fare così.»

Massimo scosse lievemente il capo:

«Certo, potrebbe. Ma il fatto è che io ormai so tutto il resto. E quindi è proprio il contrario, come lasciare un'unica pallottola vera in mezzo a quelle a salve. Posso solo pensare che sia andata peggio di com'è andata realmente, e questo sarebbe un insulto che lei farebbe alla memoria della sua amica. Di mia figlia.»

Una cornacchia gracchiò e svolazzò sopra di loro da un ramo all'altro del boschetto. Monica replicò:

«Allora prima deve dirmi quello che sa, professore. E anche come l'ha saputo. Poi può procedere con le famose domande. Quelle giuste. E io proverò a risponderle. Promesso.»

A vederli da lontano, un uomo e una donna in piedi l'uno di fronte all'altra, nel silenzio del tardo pomeriggio, in mezzo alla neve, il sole che vi si stendeva sopra con la grazia rosa di un giorno esausto, a vederli da lontano parevano figure ai confini del mondo, due testimoni di una vita lasciata alle spalle.

Massimo condensò in un breve riassunto l'incontro con Alba, la visita all'associazione, il successivo dialogo con Susanna:

«So della relazione di mia figlia con Ramon Madeiro. So che Susanna è incinta di lui. So che le donazioni di Cristina erano fondamentali per la sopravvivenza di quell'associazione, e che probabilmente parte consistente dei fondi andava a finire nelle tasche di Madeiro. So che Luca, mio genero, non sapeva di questa storia, anche se ormai credo durasse da troppo per non venire a galla, in un ambiente come questo. Quindi la mia domanda, alla quale può rispondere solo lei, è: cos'è successo in realtà quella sera? Perché mia figlia e mio genero sono morti, e perché mio nipote è nelle condizioni in cui è?»

Restarono a fissarsi.

«Potrei dirle che non lo so» fece lei. «Che non posso immaginarlo, perché io in quella macchina non c'ero. Ma non voglio dirglielo, perché non è così. Io so quello che è successo, e fino alla fine dei miei giorni vivrò nel rimpianto di non aver trovato il modo di impedirlo. Qui si gela, mi segua.»

XXXVI

E che bella risata si sarebbe fatta, la piccola terrona del mio cuore, a immaginarci qui. A passeggio lei e io, in discesa dal boschetto in mezzo alla neve.

Perché deve sapere che a volte, in questi anni, mi ha detto che lei, suo padre, e io, la sua amica, eravamo uno l'esatto opposto dell'altra: eravamo le sue due anime. Lei, professore, razionale e riflessivo, portato all'analisi e mai una parola di troppo; io irruente e impulsiva, spesso e volentieri sopra le righe.

Chissà come sarebbe andata se fosse stato il contrario. Se io fossi stata quella dell'estate, dieci giorni di divertimento forsennato e di mare e di sole e di avventure leggere, e lei quello del lungo, grigio inverno. Forse la piccola terrona del mio cuore sarebbe ancora qui.

O forse sarebbe scappata, sarebbe scomparsa.

Voglio dirle una cosa, prima di tutto: Luca non c'entra. Almeno, non c'entra come si potrebbe pensare, volendo raccontare questa storia come fosse una banale storia di corna finita male. Luca non c'entra, no. Luca è stato il migliore dei mariti, tutto considerato; e mai è cambiato o si è allontanato o si è raffreddato, come diciamo noi per giustificare i nostri tuffi dove l'acqua sembra più blu.

Luca non aveva avventure, non aveva altre donne, diversamente da come fanno in molti qui, incluso mio marito che crede che io non sappia della sua compagna a Milano, zona Porta Romana, dove si ritira almeno una volta ogni quindici giorni esclusi i festivi. Lui no, Luca era tutto casa e chiesa, casa e azienda cioè. E soprattutto mai era cambiato, restando uguale a se stesso, e allora, se quando lo hai preso era esattamente com'è adesso, che cosa pretendi?

Luca non c'entra. E mai dalla bocca di Cri ho sentito una parola contro di lui, di fastidio o anche di semplice insofferenza. Mai.

Sarebbe stato meglio, lo capisce questo, professore? Perché non è facile entrare nella psicologia di una donna, molti nemmeno ci provano. Sarebbe stato assai meglio se avessimo avuto qualcosa da addebitare al marito, che so, un'altra donna o un altro amore, alcol o gioco, dipendenze, semplice assenza. E invece no, niente di tutto questo.

Per dirle che le cose accadono. Che non c'è sempre un rapporto stretto di causa ed effetto, anche se so da quello che Cri mi raccontava che questo concetto le sembra inaccettabile. Le cose accadono.

Ora, io non ho figli e quindi non so valutare il peso di Checco, in tutta questa storia. Cri ne ha sempre parlato come di una parte di se stessa, e anche quando la storia è diventata concreta, non è mai stato in discussione che cosa sarebbe accaduto del bambino. Su questo le posso dire con chiarezza, senza possibilità di equivoci, che Cristina lo adorava, che il suo era l'amore semplice e ovvio di una madre. Non si deve permettere, lei o chiunque, di pensare a Cristina come a una donna diventata di punto in bianco schiava del proprio egoismo e pronta, magari, a sentire il figlio come un peso di cui liberarsi. Quando, negli ultimi dannati giorni, le parlavo tanto per convincerla, e utilizzavo Checco come avrebbe fatto chiunque al mio posto, mi diceva: e credi che per lui sia meglio una mezza vita, con una madre che non sente più niente, di una vita intera con una madre felice?

Né alla fine conta molto Madeiro.

Lo so, si potrebbe credere di sì; ed è inutile negare la persona che è, e il perché lo abbia fatto. Io ci ho parlato poche volte, non mi piaceva quando Cri mi trascinava in quel posto, a me la povertà fa orrore, e ancora di più mi fa orrore l'ipocrisia. Certo, un tipo affascinante, con tutti quei denti bianchi e i capelli raccolti dietro le spalle, il corpo, la voce, la musica, non dico di no. Ma Cri era troppo intelligente per farsi abbagliare.

La colpa, secondo me, è dei pomeriggi.

Lei non sa, non può sapere dei pomeriggi di qui. Sulla sua isola non faccio fatica a immaginare il sole che cala sul mare, l'aria morbida e leggera che porta sale e sapori lontani, i gabbiani e magari la sabbia alzata dal vento, che pizzica sulle guance.

Qui c'è solo luce che si perde e freddo che si avvicina, promesse di notti che sanno di morte. Esagero? Può darsi. Però lei lo ha visto: a una certa ora le saracinesche si abbassano, i televisori si accendono. Questa è una città di vecchi. Di vecchi e di ricchi. La nostra è una ricchezza che fa male: abbiamo arredato le nostre case pagando architetti di grido, abbiamo creato conventicole di frustrati, abbiamo creduto nel decoro pensando che avrebbe protetto il nostro benessere, ma poi ci abbiamo sputato so-

pra perché il decoro soffoca. Questa era terra di contadini, ora ci sono imprese che hanno sedi in Norvegia, in
Arabia Saudita, in Texas. Ma che ne sappiamo noi di tutto quel mondo al quale vendiamo prodotti di eccellenza? Non è così che si dice? L'eccellenza! Ma quando mai?
Mentre gli affari si espandono, il nodo scorsoio delle nostre vite si stringe.

Non le so dire, professore, quanti pomeriggi abbiamo passato, io e Cri, a cercare di non impazzire. C'erano
anche pomeriggi, per così dire, speciali, pomeriggi fuori misura, quelli per esempio in cui Cristina faceva visita alla suocera. Era parte del fardello. Dora, la cara Dora,
che non è più la donna che è stata. Lei l'ha vista, non è
vero? Al funerale.

Cristina mi portava con sé. Prendevamo accordi con il
personale di servizio e ci presentavamo eleganti, elegan-
tissime. Bisognava difendere il decoro, nessuna sciatte-
ria, soprattutto al cospetto di una malata mentale. Non
ha idea, professore, questi ultimi pomeriggi d'estate. Cristina aveva anche abitato in quella casa, la conosceva a
memoria, ma a quel punto avrebbe voluto dimenticare
tutto. L'ingresso buio. Le scale al buio. La sala buia. Dora
la voleva così, la sua casa. Ci si vedeva appena: i quadri
alle pareti raccoglievano miseri barbagli di luce, e così le
specchiere, ma tutto il resto era nell'ombra. Si camminava
sui tappeti con cautela. Era come se non volessimo sve-
gliarla la povera Dora, ma lei era sveglia. Cara, diceva a
Cristina. Da dove vieni?, le domandava, e poi cominciava: c'era una volta un re, seduto sul sofà... sa, la filastrocca, e andava avanti così, oppure cantava una canzoncina
che aveva sentito in un vecchio film: c'è un pesciolino in
fondo al mar... Stava immobile sulla poltrona, sprofonda-

ta nei cuscini e per lo più portava uno scialle nero di pizzo che spesso lasciava scivolare sulla faccia. Da quel suo regno di ombre spiava la bella nuora e la compativa: sei tanto bella e tanto infelice. Poi si accorgeva di me, ma era come se non ci fossi. Cristina provava a raccontare episodi di Checco, però Dora non ricordava nulla, o non voleva ricordare. Tornava indietro lontanissimo nel tempo: non dovrebbe comportarsi così, è impertinente, diceva, ed era di Luca che parlava, se lo immaginava bambino. Impertinente. Ripeteva che era scomparso, e allora perché darsi tanta pena. Darsi tanta pena, diceva. E il pomeriggio premeva contro le persiane chiuse, ci soffocava. E Dora commentava: siamo solo fantasmi. E quando arrivava a quel punto rientrava nel silenzio, ed era come se scomparisse dietro il suo velo nero. Una volta fuori di lì, Cristina mi abbracciava. Si domandava se poi un giorno saremmo finiti tutti così. Ma durava poco. Respirava forte, agitava la mano verso la casa da cui eravamo uscite e ciao Dora, diceva, e pareva leggera, allegra, senza peso. E io non ci capivo più niente. D'altro canto questi erano pomeriggi per signore come noi, per la gente che conoscevamo, per gli uomini che frequentavamo. Questi erano i pomeriggi.

A volte succede che le magagne di qualcuno vengono a galla, e se ne parla per mesi e mesi. C'è quello che ha perso i soldi in una truffa, c'è quello che si fa un'amante e approfitta di ogni occasione: io l'avevo sempre detto, pare che li abbiano visti uscire dalla toilette di un bar ancora scomposti. E il sesso è soltanto una delle vie di fuga. Abbiamo benessere quanto basta per fuggire senza muoverci di qui, per stare inchiodati alla nostra infelicità. Sono terribili, i nostri pomeriggi. Cristina voleva di più.

Ecco perché Madeiro non c'entra, se non per il fatto di essere esotico. Di non assomigliare a nessuno, e di essere l'esatto, chirurgico contrario di Luca. Il brillante cantante sudamericano arrivato nel ventre di un cargo attraversando l'oceano e brandendo la bandiera della salvezza del mondo, sicuro del suo sorriso e della sua chitarra. Che squallore.

Troppi soldi? Certo. I problemi da risolvere sono un'ottima forza motrice per non avere altri pensieri. Però quando è arrivata la crisi aziendale, la Grande Rovina di cui nessuno parla ma che pende sulle nostre teste come un'annunciata catastrofe, per Cristina era già troppo tardi. Era già affondata fino alla cintola nelle sabbie mobili, e uscirne sarebbe stato impossibile.

Se io ci ho provato? Altroché se ci ho provato. Con tutte le forze, ci ho provato. E per molte ragioni.

Per Luca, sicuramente. Ero certa, certissima che non avrebbe retto. Alla luce dei fatti, e alla luce di quello che sto per dirle, sembra ovvio; però mi creda, qualsiasi altro uomo ce l'avrebbe fatta. Con difficoltà magari, ma ce l'avrebbe fatta. Luca no. Non può capire, professore, in che modo la guardava. Lui, Luca, dipendeva dal sentimento che provava per sua moglie. Non da lei, attenzione: nessuno dipende mai da una persona. Ma da un sentimento sì, senza alcun dubbio. Lui dipendeva dall'amore che provava per lei.

E quindi cercavo, lo confesso, anche di difendere me stessa e tutti noi, perché se Luca si fosse trovato da solo, senza la sua stella polare, noi saremmo rimasti senza la terra sotto i piedi. Questa città dipende dalla Petrini e figlio S.p.A.

Ma chi volevo salvare in realtà era lei, la piccola terrona del mio cuore. Perché capivo con chiarezza che in questa sua follia andava incontro all'abisso, e Dio sa quanto vorrei essermi sbagliata, e invece avevo ragione, tutte le ragioni del mondo.

Madeiro aveva alimentato la cosa, e dal suo punto di vista come criticarlo? Erano tanti soldi, e lui aveva la sua gattina da mantenere, lo sapevamo tutti, anche Cristina. Ma lei diceva: mica le mancherà niente. Penseremo anche a lei, e staremo tutti bene.

E aggiungeva: devo solo trovare il modo di dirglielo, a Luca. Solo il modo e il momento. Ma dev'essere presto, perché non posso più andare avanti così.

Lei lo sa che Madeiro mi è venuto a cercare? Certo che sì. Proprio un paio di giorni prima. È per questo che io ho la risposta alla sua domanda, professore.

Venne da me, le ho detto che ci conoscevamo perché avevo accompagnato Cristina un paio di volte e lei mi aveva presentato come la sua migliore amica, l'unica amica che avesse qui, ed era vero, accidenti a lei, per quant'è vero che mi manca da morire, e che sul serio non so come fare a stare senza di lei, brutta piccola terrona testarda e autolesionista che era.

Madeiro sapeva che intenzioni aveva Cristina. Era terrorizzato, ovviamente. Non voleva. Si rendeva conto di quello che avrebbe significato, la chiusura del centro, la fine del suo rapporto con Susanna. Non c'era spazio per costruire una vita con Cristina, quell'idiota non ci aveva mai pensato. Voleva semplicemente che tutto andasse avanti così com'era, e chiedeva il mio aiuto. Non sapeva come uscirne, insomma.

E allora a quel punto ci ho provato. Le ho parlato. Le ho detto con chiarezza tutto quello che sto dicendo a lei, professore, sperando di aprirle gli occhi. Il problema però era che gli occhi ce li aveva già aperti, e vedevano una vita che non sentiva più sua.

Che non voleva più.

Aveva deciso di dirlo a Luca, al ritorno dalla festa, con Checco in macchina. Aveva deciso di dirglielo, confidando nel fatto che lui avrebbe capito. Puro delirio.

L'ho supplicata di aspettare. L'ho chiamata quella sera, mentre era alla maledetta festa, e non mi ha risposto perché sapeva quello che volevo dirle. In queste notti in cui non dormo più, mentre mangio e bevo e corro e anche adesso che parlo con lei, mi chiedo costantemente cosa avrei dovuto fare: chiuderla in casa, portarla da qualche parte, stare con lei quella sera. Non ho risposte, professore.

Se me l'avesse chiesto, però, se solo mi avesse ascoltato, l'avrei supplicata di non spezzare qualcosa nella testa di Luca, che invece si è spezzato. E a quel punto deve essere stata solo nebbia, tanta nebbia, che ha cancellato anche il suo amore di padre. Checco dormiva. Ma c'era, eccome se c'era. Luca non deve aver visto più niente. Ha chiuso gli occhi. Ha chiuso tutto.

Questa è la risposta che ho per lei, professore. I numeri che le mancano sono questi.

Perché dicendo quello che ha detto, Cristina ha ucciso se stessa, e ha ucciso Luca.

Spero tanto che non abbia ucciso anche suo figlio.

XXXVII

Dovrei parlarti dei numeri che si sono messi in fila, signor Petrini Francesco di anni nove, detto Checco.

Dovrei finalmente dirti di quello che è successo mentre dormivi, a te che forse l'ultima cosa che ricordi è una carezza di tua madre.

Dovrei dirti di un sentimento o di un altro, di occhi azzurri pieni di odio e di occhi neri pieni di rimpianto e di occhi verdi pieni di diffidenza. O dovrei ammettere di essere stato un padre che non ha saputo nemmeno avvicinarsi a quel padre che avrebbe dovuto essere, chiuso nel suo mondo di numeri e di mare. E chiederti perdono.

Dovrei dirti di te e del buio caldo in cui nuoti, piccolo pesciolino inconsapevole, senza un faro che ti indichi la strada, se non questa stupida mia voce che è una lenza senza menzogne e senza esca che spera tanto di pescarti, per tirarti fuori e riportarti qui.

Dovrei, forse.

E invece devo parlarti di un'equazione, e della sua storia e del suo significato. Perché è attraverso quest'equazione che ti dirò tutto quello che devo dirti. A modo mio. A modo nostro, signore.

Ti porto indietro nel tempo, al 1928. Nella stanza di uno studente, un certo Paul Dirac, nome francese ma ragazzo inglese. Un giovane chiuso, introverso, come dicono di tuo nonno che invece in questa stanza, vicino a te e al tuo cicalino, parla tanto come non ha mai parlato; però un genio, perché il nostro Dirac trovò un'equazione che è alla base della meccanica quantistica, la teoria fisica che studia l'intima essenza della materia, il suo comportamento. E le relazioni che la riguardano.

Vorrei tanto entrare nel merito dei numeri, dell'intuizione che portò questo ragazzo silenzioso a trovare quest'equazione. È già bellissimo, se ci pensi, che si dica "trovare" un'equazione, e non "inventare". Trovare, per il semplice motivo che esiste già, che c'è: che vibra nelle cose, che regola l'universo. Capisci, signore? Esiste, basta solo cercarla nei posti giusti. La matematica, te l'ho detto, è come la musica.

Vorrei entrare nel merito, ti dicevo, ma mi conosco, mi farei trasportare e passerei di equazione in equazione, e resterebbe solo il suono della mia voce che i medici dicono basti, ma che io non credo basti: perché invece io lo so, pesciolino Checco, che stai nuotando nel buio e che ti serve un ragionamento, un'idea per abboccare all'amo che ti sto tendendo, aggrappandoti per venire fuori, adesso che non ti stanno più dando quei farmaci che ti tenevano addormentato. Non è la mia voce: è quello che ti dico.

Quindi no, non entrerò nel merito. Ti dirò che l'equazione che il nostro silenzioso studente trovò nella sua stanza al college, nel 1928, era semplice e bellissima, e spiegava tutto, ma proprio tutto: anche quello che è successo a te. E quello che è successo a me. E forse, anzi certamente, quello che succederà a noi due.

Perché l'equazione di Dirac, attraverso i simboli che la compongono, dice questo: se due sistemi interagiscono tra loro per un certo periodo di tempo e poi vengono separati, non possono più essere descritti come due sistemi distinti, ma diventano un unico sistema.

Mi senti, signor pesciolino? Se mi senti, capisci questo: due sistemi, come per esempio due persone, o due anime, o due mondi, se entrano in contatto, per sempre, finché esisteranno, risentiranno l'uno dell'altro. Potremmo dire che questa scoperta, fatta da un solitario e silenzioso ragazzo nel secolo scorso, sia l'equazione che ci racconta. Potremmo proprio dirlo.

Io me ne sono dimenticato, piccolo signor Checco. Pensavo che tutto potesse rimanere così, che tutto andasse bene. Che il sistema Cristina, il sistema bambina mia, potesse girare per conto suo nell'universo, e che quello che le succedeva mi avrebbe lasciato intatto nella mia isola, con la canna da pesca in mano a calcolare onde e nuvole.

E invece no. Invece quello che le succedeva, man mano che le succedeva, inclusa l'illusione di felicità che l'ha portata a morire su una strada di una città lontana, mi toccava eccome. Succedeva a lei, e succedeva a me.

La spiegazione, lo vedi, è rigorosamente matematica. È tutto nell'equazione di Dirac, l'equazione del cuore. Perché noi siamo profondamente connessi, e rigorosamente interdipendenti. Lo siamo per forza, perché nasciamo l'uno dall'altro, percorriamo le nostre strade eppure restiamo insieme, dovunque queste strade ci portino. Ed ecco infatti che io sono qui, a cercare di ripescarti dal tuo mondo fatto di buio e di silenzio.

Lo senti? Siamo qui, siamo noi due.

Perché, questo ha scoperto Dirac e questo finalmente e con colpevole ritardo ho capito anch'io, tu e io siamo lo stesso sistema. Mi pare incredibile adesso che io non l'abbia sentito se non come un sottile, inspiegabile piacere, mentre pescavo con te alle mie spalle, mentre prendevi con le due mani il pesce che tiravo fuori dall'acqua, o mentre camminavamo verso casa con questo nostro piccolo strano scherzo, di darci del lei, signor Checco e signor pescatore.

Tu e io siamo lo stesso sistema.

Perciò oggi, in questa nostra prima chiacchierata senza i sedativi, mentre tu stai riemergendo dal buio, io ti chiedo per favore, se puoi, di non morire.

Perché se muori, sai, devo per forza morire anch'io. Senza la mia bambina che ho lasciato andare pensando che non avesse bisogno di me, senza la donna che ho amato e che ho perduto, l'unico sistema con cui sono in contatto sei tu, signor pesciolino che nuoti nel buio.

Ora che si sono allineati i numeri per comporre lo schema del dolore, dell'illusione, del silenzio e della paura, ora che so per quale motivo chi doveva pensare a te non ci ha pensato, io ti prego, signor pesciolino, di non morire. Perché, se muori, tutto sarà stato inutile e anche la nostra equazione non reggerà alla prova dei fatti.

Scopro di avere un senso, e c'è una bellezza struggente in questa scoperta, perché quel senso sei tu. Il mio dolcissimo nipotino, aggrappato all'amo con cui spero di tirarti fuori da questo orribile mare.

È questo il senso di tutto. Ti prego, signor pesciolino. Io ti prego.

Non morire.

XXXVIII

Anche stavolta, quando suonò il telefono, stava sognando.

E anche stavolta tardò a uscire dal sogno, e anche stavolta se lo sarebbe ricordato per sempre.

Aveva ripreso a nevicare all'improvviso, così quando uscì dall'ospedale con la memoria del freddo terso e del tramonto sulla campagna, fu sorpreso dal ritrovarsi in mezzo ai fiocchi compatti che cadevano sulle auto parcheggiate. Evidentemente le nuvole erano arrivate spinte dal vento di tramontana col buio, a tradimento.

Si era incontrato con Alba, che avrebbe passato la notte in ospedale. Non aveva avuto la forza di dirle quello che aveva saputo o capito, ma era certo che lei gliel'avesse letto negli occhi annebbiati. Erano rimasti in silenzio, a guardarsi, imbrigliati nelle ridicole divise azzurrine della terapia intensiva. Poi lei aveva imprevedibilmente allungato sul suo viso una mano, che era scivolata leggera sopra lo zigomo.

Si era guardata la punta delle dita, il medio e l'indice, perplessa. Poi aveva lanciato un'occhiata angosciata a

Checco, fermo nella stessa posizione col cicalino che ne scandiva il respiro, ed era tornata a fissarlo:

«Lacrime. Sono lacrime. Hai pianto.»

Era una constatazione, non una domanda.

«Sì. Forse sì» aveva detto e se n'era andato, sgomento. Si lasciò braccare dalle domande: quanto aveva finalmente imparato di se stesso? Aveva capito che cosa aveva provato sua figlia? Dov'era, Dio, dov'era adesso il suo nipotino? Dirac, pensò.

Aveva camminato sotto la neve come in trance. Ora che aveva smesso di ricostruire i fatti, pensare all'incidente era quasi intollerabile. Cristina che decideva di parlare. Cristina determinata. Luca la conosceva bene. Doveva aver avuto l'immediata cognizione dell'irreversibilità della decisione. Doveva averla sentita chiaramente nel tono della voce. Non doveva aver avuto dubbi.

Ebbe pena di Luca, forse ancora più di quanta ne aveva della figlia. Doveva essere precipitato all'inferno. Forse aveva pianto anche lui. Forse aveva la vista annebbiata quando aveva accelerato puntando il camion.

Massimo andò a rifugiarsi nella squallida stanza del suo squallido hotel. Non aveva risposto al saluto del concierge, non aveva mangiato, non aveva fatto niente. Si era solo tolto le scarpe bagnate, lasciandosi cadere sul letto.

Era esausto, ma non si addormentò se non nel cuore della notte. Per la prima volta non sentiva l'urgenza di tornare sulla sua isola. Il suo posto era lì, dov'era quello che restava di suo nipote, con la sua coscienza sepolta.

Alla fine cedette e, appunto, sognò.

Era seduto sul suo scoglio scivoloso, la canna nelle due mani, un mare buio e indecifrabile davanti. Nevicava, e la neve si scioglieva con uno sfrigolio quando toccava la superficie dell'acqua.

Avvertiva una presenza dietro di sé, ma non gli dava conforto. Era piuttosto una muta accusa, un lieve scrupolo di coscienza. Avrebbe voluto voltarsi, ma sapeva di dover invece badare a quello che succedeva davanti a sé. Non poteva distrarsi, altrimenti avrebbe avuto sulle spalle una colpa.

Un'altra colpa.

A un tratto sentì un fremito nella canna, seguito da uno strappo. Fu colto di sorpresa, per poco non gli scappò di mano.

Irrigidì la stretta. I muscoli gli rispondevano con ritardo e debolmente, e ne fu terrorizzato. Non ce la faccio, pensò. Non ce la posso fare.

Dalle sue spalle arrivò una voce: ti prego, papà. Tienilo stretto.

La schiena diventò di ferro, gli doleva. Sapeva che alzandosi avrebbe fornito miglior appoggio alla canna, ma non ci riusciva.

Non ce la faccio, disse a chi c'era dietro di lui. Non ci riesco, lo perdo!

La voce era dolce, accorata, piena di dolore.

Solo tu, papà. Ci puoi riuscire solo tu. È un pesciolino, non è così pesante. Ci puoi riuscire.

No, ti dico. Non può toccare a me. Io non sono in grado, lo sai. Non sono mai stato in grado.

Ma stavolta devi, papà. Per forza. Sei rimasto solo tu, lo sai. E questo pesciolino ha paura, lì sotto. Ce lo tenevano legato, e adesso che l'hanno liberato o soffoca o lo peschi tu. Non è pesante, papà. Ti prego.

La canna gli scivolava dalle mani sudate. Gli strappi

della lenza erano ritmici, e assomigliavano a un cicalino. Non ce la faccio. Non ce la posso fare, capisci? Io conosco i numeri, non la paura di un pesciolino.

Ti prego, papà.

Fu allora che suonò il telefono sul comodino. Uno squillo acuto e penetrante. Massimo spalancò gli occhi e fissò l'apparecchio, cercando di capire dove si trovasse e se non fosse il cicalino del respiratore. Non lo era.

Allungò la mano, sudata e tremante. La cornetta gli scappò via, e penzolò per un attimo dal comodino.

Come un pesciolino attaccato alla lenza, pensò.

Chiedo scusa per il disturbo, signore, disse il portiere di notte. Una chiamata urgente. Dall'ospedale.

Me la passi.

Alba.

Piangeva, la voce spezzata. Gioia. O dolore. Vieni, vieni subito. Ti prego. Subito.

Gioia o dolore. La linea era ormai muta.

Si alzò a sedere, il cuore in gola. Prese una scarpa e l'infilò.

La voce spezzata di Alba.

Gioia o dolore?

Restò con l'altra scarpa in mano. Non ce la faccio, disse a quel qualcuno alle sue spalle.

Non ce la faccio.

Fuori, la neve non smetteva di cadere.